耕读之光

郭泽宇 谭宜永 编著

北方妇女儿童出版社

·长春·

图书在版编目（CIP）数据

耕读之光 / 郭泽宇, 谭宜永编著. -- 长春 : 北方
妇女儿童出版社, 2023.1
　　ISBN 978-7-5585-7104-6

　　Ⅰ . ①耕… Ⅱ . ①郭… ②谭… Ⅲ . ①散文集 – 中国
– 当代 Ⅳ . ①I267

中国版本图书馆 CIP 数据核字(2022)第 220209 号

出 版 人　师晓晖
责任编辑　张晓峰
封面设计　孙　涵
开　　本　710×1000mm　　1/16
印　　张　20
字　　数　270 千字
印　　刷　潍坊新天地印务有限公司
版　　次　2023 年 3 月第 1 版
印　　次　2023 年 3 月第 1 次印刷

出　　版　北方妇女儿童出版社
发　　行　北方妇女儿童出版社
地　　址　长春市龙腾国际出版大厦
　　　　　邮　编 :130021
电　　话　编辑部:0431-81629613
　　　　　发行科:0431-81629633

定　　价　88.00 元

我国的教育方针

教育必须为社会主义现代化建设服务，

必须与生产劳动相结合，

培养德、智、体、美、劳全面发展的社会主义事业的建设者和接班人。

永远要相信，

美好的事情正在发生！

你就是奇迹，

你是这个世界的唯一！

你值得拥有、值得被爱、值得成就！

你可以成为更好的自己！

一路走来，与梦同行

郭泽宇

能够与谭宜永等一大批有爱心且有梦想的人相识，并一起携手在荷叶镇中心校中学部启动"耕读教育"项目，这并非偶然，而是缘分中的必然。回顾自己这十多年来的奋斗历程，我一路走来，一直都在与梦同行。

记得 2014 年 6 月，作为湖南省郴州市桂阳县高招公费师范生的我，背着一箱沉甸甸的荣誉证书，戴着"优秀学生干部""院一等奖学金""优秀实习生""优秀大学毕业生"等诸多荣誉桂冠，跨出湖南第一师范学院的大门后，便一头扎进了"荷叶"的乡土脚下。

来到桂阳县荷叶镇中心校，奋战在乡村教育教学一线，每当回想起在湖南第一师范学院"修学储能"的四年，我内心都久久不能平静……

记得在教育科学系 2010 年 12 月举办的全校性"红模仿"大赛中，我曾用独特的"口技"才艺征服了现场观众与评委，并以排名第二的高分斩获了院"二等奖"，一时间成了湖南第一师范学院有名的"才艺青年"。

最让我终生难忘的是，为了追求与表达自己的教育理想，我曾振臂一呼，在教育科学系带头成立了"师之鹰——准教师精英团队"。社团规模近四百人，会聚了学院一大批有梦想、有追求的青年才俊。我们一起畅谈各自的教育理想，并努力锤炼专业基本功，还创办了《师之鹰》社团杂志。在我担任社团理事长的两年多时间里，"师之鹰——准教师精英团队"红红火火，风生水起。

大学校内的生活过得充实而精彩的同时，为了真正培养锻炼自我的能力素质，我积极参与了校外的社会实践活动。我与合作伙伴创办了规模庞大的教育培训连锁机构，且自己担任了培训连锁机构近三年的总管校长，但为了追求心中那个教育家的梦想，我忍痛割爱，在临近毕业之际，对培训连锁机构一一进行了处理！

怀揣着时间的记忆，我一路走来，不知不觉已毕业九年！来到荷叶镇的这九年，我同样身兼数职并不断拼搏进取，现不仅是荷叶中心校党支部书记，而且是桂阳县初中语文名师工作室与湖南省谭战兰初中语文网络名师工作室的核心成员，并在2021年当选为中共桂阳县第十三次党代会代表、中共郴州市第六次党代会代表，先后多次受到了郴州市市委书记与市长的接见。

九年，弹指一挥间。我却成了与我同一批来荷叶镇中心校任教的二十几名青年教师中，唯一留下来并继续坚守在农村教育阵地上的"守望者"！

当身边的年轻教师想尽一切办法进城时，我却连续四五年没去尝试"进城"。即使有了进城机会，我也是毅然舍弃！为了使广大农村留守儿童与贫困学子能够顺利完成学业，我还与同事一起创办了荷叶"开心助学团队"。作为团

队的核心骨干成员，我利用周六、周日休息时间与课后时间，走遍了荷叶镇大大小小的所有村庄。九年来，我与"开心助学团队"成员们已累计走访与

资助了近千名贫困学子。这些受走访、资助的贫困学子,有一部分通过自己的奋发图强,考上了名牌大学,尤其是2017届的蒋文超同学,在2020年高考中成功考取了空军飞行员,他光荣地加入了护卫祖国蓝天的方阵!为感激"开心助学团队"成员们的无私付出与关爱,2021年9月,受助学生及家长代表还给"开心助学团队"送来了绣有"开心助学,不图回报;用心关怀,万分感谢"的锦旗。

在桂阳县荷叶镇中心校工作的这九年里,我发现:付出爱就会收获爱,而且经常会拥有不一样的惊喜与感动。例如,2016年,我班上的学生小超,因在我与搭班老师邓湘涛的培育教导下,学习成绩进步明显且在校园文学大赛中荣获省级大奖,为感谢我与邓老师的栽培、教导之恩,学生与家长向我俩赠送了一面精美的锦旗,上面写着:耕耘辛苦,教师楷模。另外,还有两组学生与家长,因为我平时对他们多付出了点爱与关怀,也分别给我送来了书有"爱生如子,德才兼备""教导有方,师德楷模"的锦旗。

在荷叶中心校工作的这九年里,我不怕苦、不怕累,一直勇挑学校重担。我毕业第二年(2015年)任中层,毕业第四年(2018年)任副校长,在这期间,我还曾一次性担任了八年级两个班的班主任兼八年级两个班的语文教学工作。即使后来被提拔为副校长,我仍然兼任教务主任一职,同时担任了八年级一九九班的班主任，并负责教授八年级一九九班与九年级一八八班的语文课。为此，郴州文明网及《桂阳县新闻》曾以《扎根乡村教育的牛人》为题报道了我的事迹。在2016年至2018年，我曾连续三年担任九年级毕业班的班主任，每年都有三四十名学生考上省示范性高中。三年来，我累

计送出了一百一十多名考上省示范性高中的九年级毕业生，赢得了众多学生与家长的敬重。正是通过这种不断努力与奋斗，我不仅提升了自己的专业技能，而且在短短几年时间里成长为桂阳名师和骨干教师，并分别斩获了郴州市2021年班主任技能大

赛与2022年基础教育精品课大赛"一等奖"，2022年9月还被授予了"郴州市名教师"的荣誉称号。在我分管荷叶镇中心校中学部的这几年里，也正是因为我的求真务实，荷叶镇中心校中学部连续多年被评为"郴州市教学质量管理先进单位"。

九年的守望，我不仅收获了满满的幸福感、快乐感，而且还获得了教书育人的成就感。例如，由于比较突出的教学与管理业绩，我连续三年被评为"优秀共产党员"，并先后被评为"郴州市教学质量管理先进个人"（2017年）、"桂阳县最佳教师"（2018年）、"郴州市最美教师"（2019年）、"湖南省

汀汀优秀教师"（2020年）、"桂阳县十佳教师"（2021年）、"湖南第一师范学院丘成琪优秀乡村教师"（2021年）、"全国乡村优秀青年教师"（2022年）、"全国最美教师（2022年）"。2018年3月，在桂阳县召开的"教育

教学质量推进大会"上，我代表
农村学校教师作了典型发言，
引起了较大反响，并在全县各
校推广学习。2020 年 9 月 10 日
教师节，我作为郴州市乡村教
师代表，非常荣幸地受到了郴
州市委书记与市长的接见，并
参加了市委书记主持召开的

"郴州市先进教师代表座谈会"。2021 年 1 月 29 日，我作为郴州市公费师范
生代表，又应邀参加了"郴州市基础教育、民办教育工作座谈会"，并为郴州

市教学质量的提升与发展提出了许多建设性意见。2021 年 7 月，经过层层
选举投票，我以高票当选为县市党代会代表，先后参加了中共桂阳县第十
三次党代会和中共郴州市第六次党代会。2022 年 9 月，我又作为郴州市"名
教师"代表，受郴州市教育局邀请出席了由湖南省前省委书记许达哲同志
主持召开的"基础教育座谈会"。

　　坚守乡村教育的九年里，我非常注重教学科研工作，不仅是省级课题
《"互联网+"环境下学生阅读方式创新实践研究》的主持人，而且把自己的
教育教学实践经验上升为教育教学科研理论成果。例如，以感化班上厌学、
逃学学生为题材的论文《不断浇灌的爱，总会花开》荣获省论文一等奖；以

德育为核心的班级管理论文《浅谈促进中学生德育内化的方法》荣获国家级论文一等奖，并在国家级期刊《中华少年》上发表。几年来，我累计有三十一篇文章或论文获县市省乃至国家级大奖，其中有八篇在《今日桂阳》《中华少年》等报纸、期刊或官方网站上发表。与此同时，我还指导了一百多名学生在青少年科技创新大赛与校园文学大赛中获得县、市省乃至国家级大奖。在丰收的稻田里，我和学生的脸上挂着幸福、快乐的笑容！

坚守乡村教育教学的九年里，我积极探索，勇于创新，大胆实践，取得了一些不错的实践成果。记得我大学毕业论文研究的方向是"如何抓学生的德育问题"，论文题目是《增强中小学德育建设工作的实效性研究》。毕业参加工作后，面对农村留守儿童多、学困生多、调皮捣蛋学生多这"三多"难题，我通过积极探索，发现抓好学生的"安全与德育"对提升与促进农村教育教学质量有着举足轻重的作用。

2019年下学期，我接手主管荷叶镇中心校中学部后，开全国之首创，组织教师团队编写了《安全与德育》知识读本，并采用百分制进行期中与期末统考的方式，把《安全与德育》纳入对学生与老师的考核与评价体系之中。这种创新方式被大胆实践后，一方面破除了应试教育体制对学生成长的不利影响，另一方面在实践中很好地践行了中共中央关于把"立德树人作为教育的根本任务"的教育方针。自从开设了《安全与德育》课程学习与考试，整个荷叶镇中心校中学部的校风焕然一新！

九年的坚守，我把一腔热血倾情奉献给了我所在的学校。九年里走过的每个春夏秋冬，我都以校为家，几乎没过个像样的寒暑假。

九年的坚守，我用我所学的教育思想、理念，影响与改变了学校的方方面面，并带领全校师生成功破解了一个又一个前进过程中的难题！在我的坚持与推动下，优秀传统国学文化进入校园，学生的舞蹈课也终于跳

起来了，美术课画起来了，音乐课唱起来了，立德树人汇报演出"秀"起来了，耕读教育也动起来了，针对问题学生的德育讲堂开起来了……尤其是《安全与德育》这门课程，学生不仅要学习，还要进考场参加考试检测所学成果。随着德、智、体、美、劳五育并重的教育方针在我校落地、生根、开花，我们学校呈现出了一片欣欣向荣的景象，成了乡村教育一张亮丽的名片！

　　九年的坚守，我与学校一同成长，并亲眼见证了一所乡镇学校的崛起。

自从2016年我带第一届九年级毕业班起，荷叶镇中心校每年都有百余名学生考取省示范性高中。由于过硬的教学质量，我所在的桂阳县荷叶镇中心校不仅多次被评为"郴州市教学质量管理先进单位"，而且赢得了广大学生与家长的一致好评，他们称荷叶镇中心校为"荷叶人民满意的学校"。2021年9月与2022年9

月，桂阳县委县政府给学校颁发了一个大奖：桂阳县乡村教育发展"突出贡献学校"，并两次奖励学校各十万元。

2021年9月，为庆祝第三十七个教师节，充分发挥优秀教师的引领与榜样作用，桂阳县委宣传部联合新闻媒体又一次采访了我，并以《坚守乡村教育的梦想》为题报道了我的事迹。

之所以能够与谭宜永等一大批有爱且有梦想的人相识，并一起携手在荷叶中心校中学部启动"耕读教育"项目，是因为我和谭宜永等一大批有爱且有梦想的人都有一个共同的梦想，那就是：在乡村教育的沃土上，要为中国乡村教育事业的发展撑起一片别样的蓝天，并为中国乡村的振兴贡献出我们的绵薄之力，让中国的明天与未来因我们的存在而更加有希望！

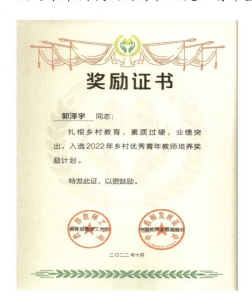

非常感恩在乡村教育的这片沃土上能遇到谭宜永、项志如等一群有爱心且有梦想的支教老师！也非常感恩郴州市教育局原党委书记肖正科、郴州市教育局现任党委书记李鸿春、桂阳县县委书记巫初华等领导的认可与关爱，尤其要感恩他们对乡村教育事业的大力支持！一路走来，我们将与梦同行！我真心祝愿"耕读教育"能早日点亮孩子们的人生梦想，让他们拥有希望的远方！

见证梦想的实现过程

谭宜永

　　环境（物质环境、自然环境、人文环境）的改变来自人的意识（观念）的改变，而意识（观念）的改变来自教育，教育包括言教、身教和境教。从教育的角度去理解和观察人生，会理解所有的发生（意外、疾病、成功、失败……）都是为了生命的发展。人的一生就是一个教育的过程，生命中所有的健康、疾病、喜悦、悲伤等都是教育的结果，也是教育的开始，更是教育的过程。

　　我们在全国范围倡导及推动的"绿动中国""零污染家乡建设""耕读教育""垃圾革命"等公益项目都是为了改善目前环境而开展的不同教育方式。

　　2013年，我在老师的启迪下发起公益团队，九年来，我以全职公益人的身份在全国推广与普及环保、健康与教育的相关理念与方法。我家也随我一路搬迁，从上海到杭州，再到常州，再远则到了大理，而我却极少在家。一年到头大部分时间都在全国各地开课程做推广，号召大家关注乡村建设。2018年，我在做"零污染家乡建设"课程期间，一个同事问我："谭导，你一天到晚号召大家回家建设家乡，你为什么没有回自己的家乡？"

听到这个问题，我心里一震：是啊，我为什么没有回自己家乡呢？经过一段时间的考虑，在与伙伴们商量后，我决定回家。2019年春天，我带着整个团队回到了老家——湖南省桂阳县荷叶镇潭溪村莲塘自然村，落实建设零污染生态村。

回到乡村是一件很不容易的事情，还记得父亲知道我要搬回来的时候，他流下辛酸的眼泪，他说："儿啊，你是没有办法在外面发展了吗？回到这穷乡僻壤你怎么活？如何养活你的三个孩子？你以前在上海不是很好吗？怎么越来越差了？"我当时说："爸，乡村是未来最有希望的地方，不要担心，我会养好家的。"

我理解父亲，因为父母用了全部的力量才把我送出大山，我是家族里第一个去省城上学的孩子，是他们摆脱贫困的象征。回村，代表着没出息，没有办法在外面生存。不仅仅父母无法理解，连村里的乡亲们也非常不理解，不明白我和小伙伴们在做什么。

我们在其他地方举办课程都是被邀请的，他们对我们都很尊重很欢迎。但在莲塘村，我是自己要回来的，所以没有人理解，甚至还有很多质疑的言论。我心中也有过委屈，但是我又想：如果一个了解乡村发展的重要性的人都不愿意回自己的村庄，那谁又能回去？那乡村如何振兴？而且，莲塘村是一个家族，是我们谭氏家族三百年来聚族繁衍之地，在我心里，整个村就是一家人。所以，我相信，无论如何，我们都有希望，都有办法做好零污染生态村的建设。

刚回到村里的时候，条件比较差，伙伴们非常不适应。有个伙伴为了不去上露天厕所，竟然减少进食和喝水。2019年春天非常冷，我们坚持每天净村，有的伙伴冻得直哭……但我们没有放弃。我们坚持每天捡垃圾，一周后，村民从观望到开始参与，又过了一周，很多住在镇上和县城的乡亲们也陆续回来一起净村,在两个月时间里,我们徒手捡了几十吨垃圾,终于改变了村容村貌,同时得到了越来越多村民的认可和支持。

三年来,我们在莲塘村陆续开展了垃圾分类、老人照顾、儿童照顾、手工皂、生态农业等十八个方面的工作。莲塘零污染生态村也被各级政府关注,被各种媒体报道,其中一家来自香港的报纸也来到村里采访报道;马来西亚等国家的环保人士、农业专家以及全国各地的朋友们也来到村里交流。古老的莲塘村慢慢地苏醒了。

我们团队的到来给村庄注入了活力,在村里开展了手工皂、天贝、有机大米的生产,为村里搭建了新的经济发展产业。但对于一个严重老龄化、空心化的村庄(原住人口三百人的村庄只剩下二十多位老人),无论是人口还是产业,力量都显得极其薄弱。零污染生态村的建设遇到了"瓶颈"——因为没有人,当地团队无法建立;因为村里没有合适的学校,新村民很难安定下来;因为没有产业,原住民回不来。

一个莲塘自然村,人口、资源体量都非常少,办学校也非易事。所以我想把整个荷叶镇启动起来,建设成为零污染生态镇,这个想法也得到了镇党委书记的支持,但因为种种原因,零污染生态镇建设迟迟未落实。

乡村建设,教育是根本,这是我们一直都很清楚的事情。所以,我回来后一直想在教育这个层面开展一些工作,经过两年多的努力,终于在2021年3月有了实际性进展——我们与荷叶镇中心校的领导达成共识,启动了"耕读教育·点亮梦想"公益项目。这是一个以"三亲教育"为理念,并积极落实党的教育方针的乡村支教项目。

荷叶镇中心校的接纳与承担,这不仅让学校成为以耕读教育为特色的乡村学校榜样,而且还为整个荷叶镇未来的发展开拓了快车道。荷叶镇可以发展成为以耕读教育为特色的零污染生态镇,这将是中国乡村振兴战略落地实施的一个参考样本。

耕读教育,"耕"是行动(身教),"读"是理论、思考(言教),"教育"是意识(观念)改变的路径与方式。承载与呈现"耕读教育"的环境就是境教。三者共同呈现给人带来生命的梦想、希望、光明。"耕读教育·点亮梦想"就是言教、身教、境教合一的过程,是一个梦想显化(实现)的过程。郴州市桂阳县荷叶镇中心校落地耕读教育的过程就是一个见证梦想实现的过程。让所有人见证梦想可以实现,这个见证将启迪所有相关人员,他们的生命将发生巨大的变化。

耕读教育进入荷叶镇中心校中学部的八个多月时间里,取得了一定的成绩,得到了学生、老师、家长以及当地民众和政府的积极认可。这是一个从怀疑到观望到理解到支持到共建的发展过程,也是一个梦想从提出到实现的过程。

其过程非常清晰,我们一起来回溯一下。

2019年初,我们回到莲塘村建设零污染生态村。在零污染家乡建设的十八个方面中有教育(儿童照顾)这个板块。在零污染家乡建设的过程中,我和我的团队就一直梦想着通过零污染理念来支持学校的发展、儿童的成长,所以一有机会就与学校沟通。通过两年多努力,终于在2021年春天取得了实质性进展——帮助荷叶中心校党支部郭泽宇书记实现了穿统一校服的梦想,然后又启动了"耕读教育·点亮梦想"公益项目。通过两个多月的努力,包括写项目书、在微信公众号发布(言教),然后由我带领团队四处宣讲、筹款(身教),最后在5月20日通过大型公益活动"手拉手"呈现了梦想的实现(境教),与此同时还成立了学校有史以来的第一个家委会,让学校有了更大的信心搞好家校共建。

在此基础上,耕读教育团队提出希望到学校来支教的梦想,郭泽宇基于校服梦想实现的基础上,让支教团队进入学校,开展了手工皂、梦想课等丰富多彩的课程。尤其值得一提的是,二〇九班的班主任何小娟老师对我们的支教活动给予了大力支持,尽最大努力给我们支教团队协调上了很多艺术课。这是第二次梦想(进入学校支教)的实现。

又经过两个多月的努力,支教团队的课程得到学校老师和同学的认可,特别是二〇九班,同学们的学习状态与学习成绩都获得了一定提升。这是第三次梦想(帮助孩子成长)的实现。在这基础上提出了第四个梦想——暑假举办属于留守儿童的"生态新少年夏令营"。

在各方努力下,暑假期间的"生态新少年夏令营"如期举行。孩子们在夏令营期间有了很大的成长,这一活动也得到了家长的认同。这是第四个梦想的实现。然后支教团队有了一个更大的梦想——开展更大范围的支教活动并把优秀传统文化带给孩子们。

经过学校领导与支教团队的沟通,在当年9月开学后,学校邀请支教团队进入全校更多班级(十一个班),其中就有优秀传统文化的内容(《弟子规》的学习进入每个班),同时我们也进入谭溪小学支教。这是第五个梦想的实现。

在这基础上耕读教育团队又有几个梦想——这学期做一次支教成果汇报演出(第六个梦想)、出一本书(第七个梦想)、制作一部支教纪录片(第八个梦想)、在学校成立社团(第九个梦想)、在每个班设立图书角(第十个梦想)、在中学部推动"梦想小队"成长计划(第十一个梦想)……在大家的努力下,这些梦想也都逐一实现。在我们与荷叶中心校党支部郭泽宇书记的共同努力推动下,2021年12月15日,荷叶镇中心校中学部成功举办了立德树人汇报演出活动,并在活动中发布了书及影片;紧接着,在我们的帮助下,学校又成立了环保社团、艺术社团、棋艺社、茶道社、武术社团。2021年12月5日,荷叶镇中心校中学部还启动了"梦想小队"成长计划,并发布了成长手册;2021年12月7日下午举行了捐书仪式,许多班级随之设立了图书角……

在这个过程中,支教团队的梦想与学校的梦想逐步融合,成为一个共同的梦想——把荷叶镇中心校办成耕读教育特色样板学校(言教、身教、境教合一),并把这种模式向全国乡村学校推广,通过耕读教育的发展助力全国各地的乡村振兴。接下来会启动中学部耕读教育特色班、中学部"梦想小队"成长计划、小学部"三亲教育"实验班……进一步联合当地村庄、机构、政府等在镇区开展垃圾分类普及宣传与践行,把零污染家乡建设(垃圾分类、生态农业、手工皂等)带入全镇的每个村庄,力争把荷叶镇建设成为富有耕读教育特色的零污染生态镇,让桂阳县荷叶镇中心校成为中国乡村学校发展的样板,让荷叶镇的发展方案成为更多乡镇发展的样板。

这八个多月的时间,我们非常清晰地呈现了梦想是可以实现的这一事实,还看到了一个梦想的实现激发出更大梦想的过程。提出梦想——实现梦想——激发更大的梦想——再次实现梦想……梦想是要有的,因为真的可以实现!

梦想的实现就是教育的过程及结果。首先是提出梦想——然后经过教育:言教(宣传、倡导)和身教(行动、做到)——梦想实现(境教)。梦想实现是一个结果,这结果又成为下一个梦想的动因。所以,亲爱的朋友们,不要犹豫和怀疑,勇敢地说出你的梦想,然后用行动去让梦想成真!

乡村振兴以教育为本,而乡村学校的教育又是这个"本"的核心。通过对孩子的教育,把零污染建设融入乡村振兴,以此带动对村民的引导和教育,进而改变他们的意识(观念),提升他们的能力与素质。村民能力、素质、观念的提升又是乡村发展与振兴最直接的动力。如果没有教育,乡村就无法振兴。因此,乡村的基础教育关系着国家的兴衰。

本书是耕读教育 2021 年度发展报告,按照时间与事件的发生(梦想实现)次第呈现——校服、支教、二〇九班等班级取得成绩、生态新少年夏令营、更大范围支教、零污染校园建设、梦想小队成长计划、未来发展……也讲述了小学部(谭溪小学)的故事,同时,也呈现了支教老师、学校老师、学生、家长的故事,这些梦想者的生命故事给我们带来温暖与力量。同时,本书还收录了在这过程中做的一系列方案、规划,供大家了解与参考。另外,本书还特别收录了中共中央党校(国家行政学院)张孝德教授的文章,让大家深度了解乡村教育的历史责任与使命。三年规划、支教老师招募、筹款倡议这些内容是让大家了解耕读教育接下来的发展,以及大家可以如何支持、参与和承担。

通过此书，我们希望让更多人了解为什么会有一群人远离自己的舒适生活，来到乡村支教，为什么他们不要钱也能够辛勤工作，甚至可以接受别人的误解。我们相信会有越来越多的人关注乡村教育，关注留守儿童的成长与教育，支持"耕读教育·点亮梦想"。希望荷叶镇的党政领导、父老乡亲能通过这群支教老师的所作所为，去思考教育与命运，并以此为契机，同心协力，把荷叶镇建设成以教育为特色的更美好的生态幸福家园（零污染生态镇），成为新时代生态文明建设的榜样。

　　在此，非常感恩我父母、妻子、孩子的支持，也非常感恩本书另一位策划与编撰者——荷叶中心校党支部郭泽宇书记的辛勤付出！同时，感恩荷叶镇父老乡亲们的支持，感恩这些年来一直支持各项公益项目的全国各地专家、老师、爱心人士、支教老师及团队的工作伙伴及学长们，特别感恩这三年来在莲塘村参加建设的伙伴们，希望大家有时间常回家看看。另外，还要感恩当地各级政府的支持，感恩荷叶镇中心校的老师、学生、家长们的支持，是大家共同的意愿、承担与努力，才让耕读教育真正点亮了孩子们的梦想！

　　最后，感恩"我们的未来出版社"编辑部的志愿者们在王艳萍社长的统筹下对本书内容的校对，他们是徐建华、姜友芬、姜华、龚世林、李丽云、唐雪、林慧云、王新浩、李建玲。当然，还有我们的支教老师团队，他们也积极参与了这项工作。

　　我们相信，梦想是能实现的！

　　我们相信，乡村就是未来！

　　相信你的相信，一定会创造属于你的奇迹！

　　耕读教育，点亮梦想！

　　耕读之光，照亮未来！

目　录

乡村教育之中流砥柱
——荷叶镇中心校教师团队

梦想的衣裳
——关于校服的故事

生态新少年夏令营

缔造梦想的支教团队

建设三亲教育南方样板——潭溪小学

力量与梦想的指南针

携手同行 缔造梦想

乡村教育 专家观点

千年耕读教育的时代价值解读

——耕读教育是新时代做人之根、爱国之本、智慧之源的教育

张孝德

2020 年 7 月,教育部印发了《大中小学劳动教育指导纲要(试行)》(以下简称《指导纲要》),《指导纲要》赋予了劳动教育非常重要的功能和使命。明确提出了劳动是最重要的育人教育,是对学生进行热爱劳动、热爱劳动人民的教育活动,是强化学生劳动观念,弘扬勤俭、奋斗、创新、奉献的劳动精神的教育;是全身心参与,手脑并用,亲历实际体验教育。在落实《指导纲要》提出的劳动教育中,在中国传承几千年的"耕读教育"是新时代大中小学最好的劳动教育。其实耕读教育不仅是大中小学生必须接受的教育,也是迈向新时代实现中华民族永续发展的治国之道的教育。

一、耕读教育是中华民族成为世界最长寿民族的密码

"耕读传家"这四个字包含了中国人特有的世界观,蕴含着中国古人关于做人教育的智慧。中国古人从天地运行中,不仅发现了服务农耕的天文科学,如已成为联合国文化遗产的中国二十四节气理论,而且独具慧眼看到天地中蕴藏的"道"和"德"、天地循环所携带的精神与文化。《易经》中讲:"地势坤,君子以厚德载物,天行健,君子以自强不息!"在古人心中,大地是我们要学习的厚德典范,天则有我们学习的自强不息的精神和智慧。水在常人的眼中是解渴的水,在科学家的眼中是氢二氧,但在中国古人眼中,水中有道,水中有德。在《道德经》中,老子所观的水是"上善若水。水善利万物而不争,处众人之所恶,故几于道"。古人告知我们,要向水学习最高的善行,要向大地学习最厚的德行,是要向天学习自强不息的精神。所以老子

讲："人法地,地法天,天法道,道法自然。"中国古人不仅发现天地长久的秘密是天地之德慧、天地之精神,而且发明了将天地长久的密码置入中华文明基因中的治国之道。这个重要治国之道就是耕读教育。

躬耕的过程,不仅是一个与天地连接与对话的过程,也是一个接受天地之能量、学习天地之德慧的过程。"耕"不仅能生产自养的粮食,还有一个非常重要的功能就是"修德"与"开慧"。"读"可以知诗书,达礼义,修身养性,以立高德。将治国之道的耕读教育置入日常生活中、置入中华文明细胞的家庭中,是中国古人的另一个创新与发明。耕读教育不是单纯的知识与科技教育,而是以心传心的修德开慧的文化传承教育。根据这个原理,中国古人创造了秉承天地之德慧、将物质生产与精神生活融为一体的晴耕雨读、昼耕夜读的耕读生活。由此,耕读不仅成为中国古人崇尚的物质与精神自足的诗意生活,也成为长久治家治国之秘诀。正是这种嵌入中华文明基因的耕读教育,使中华文明成为世界最长寿民族的密码所在。

然而,耕读传家远,对于接受西方现代化教育洗脑的人而言,这条祖训已经过时了。因为有些认为这是古代社会的家训,现代化的中国不需要了。现代化创造财富靠的是科技,与厚德载物看似没有关联。我们后代是否有出息,看其能否考上北大清华,最好是出国留学。让我们生活更美好的是城市,不需要回到农村搞什么耕读教育。这恰恰是我们今天的悲哀,这恰恰是我们今天遇到的富二代、官二代、农二代的教育危机的原因所在。中国古代大家族、望族凡是能够经久不衰的,都是恪守了耕读传家的祖训。比如陶朱公、颜氏家族、范增、袁了凡、曾国藩等。正是这些耕读传家、积德行善的家族,承担了古代乡村教育、建设、文化传承等公共事业,才为国家培养出治国安邦、文化传承的人才。

二、耕读教育是全生命教育

1.农耕劳动是滋养身体健康、长寿的良药

农耕劳动的过程是在天地之间,与滋养人的另一种生命进行互动滋养的过程。这个过程带来的油然而生的喜悦是养心的良药。无论是过去,还是现在,在乡村中身体健康的长寿老人,大都是热爱劳动的老人。

2.农耕劳作是给人心带来喜悦程度最高的劳动

衡量一种劳动给我们带来喜悦程度的高低,一种最直观、简单的标准,就是这种劳动是否可以带来愉悦。

然而,农耕劳动和牧民的劳动,不仅可以一边唱歌,一边劳动,而且这种歌声不但不会对劳动产生影响,还是提高劳动效率,体验与抒发劳动喜悦的重要内容。在天地之间的劳作,油然而生的喜悦成为给劳动者的最大回报。由此我们可以解释,为什么牧民是天生的歌唱家,这是因为牧民的劳作是歌的源泉。为什么少数民族是天生的歌舞者,因为青山绿水就是创造歌舞的大舞台。

3.农耕劳动是滋养心灵、开发智慧之源

中华民族被认为是世界上最有智慧的民族。党的十九大报告首次提出要向世界贡献中国智慧的中国方案。那么中华民族的智慧从哪里来? 中华民族的智慧源于农耕生产。孔子的治国思想和智慧也与农耕生产有密切关系。在《大学》中孔子所主张的治国之道遵循的次第是:修心、齐家、治国、平天下。儒家治国遵循的次第的哲学根据是:物有本末,事有终始,知所先后,则近道矣。"事有终始"的道理正是农业生产必须遵循的规律。农民种地,春是始,秋是终,要想收获粮食,必须春天下种、夏天耕耘、秋天收获。春种秋收,是宇宙给予生命必须遵循的规律,违背了这个规律,无论农民付出多少劳动都有可能一无所获。农民要收获更多的粮食,必须做的第二件事,就是要选优质种子下种,要施足底肥强根固本。这就是《大学》所讲的"物有本末"。所以儒家的治国之道与农耕之道相通。

在农耕中发现的植物生长必须遵循的天地规律,运用于人的生命,这就是中医。中国自古就是农医同源、药食同源。中医治病的理论,来源于生命系统与天地自然,是一种全息、同步共振的原理。只要按照自然演化规律去生活,生命就可以实现与天地同频发生。

三、耕读教育是让生命崇高、生活幸福的艺术教育

5

"耕读"不仅是中国古人崇尚与向往的物质与精神自足、田园与书香共存、诗意与禅意共生的理想生活，也是中国古代文化与艺术创作之源。

"耕"创造物质，"读"滋养精神，正是这种基于物质与精神自足、自养的耕读生活，使生命自主、自在、自觉提升与崇高成为可能。纵观历史可以发现，不同的生活和生产方式是形成不同的文化与艺术的源泉。

这种让生命实现自主、自在、自觉提升的耕读生活，使中国古代文化艺术走向了源于心法的内求性、自我生命体验的崇高性、与天地感应的自在性之路。由此使中国古代艺术审美发展到即使现代人也无法企及的高度。

融哲学与艺术、文化与政治、生产与生活为一体的《诗经》就是源于中国古代乡村这种诗意生活的表达，成为中国古代最早的艺术和审美样式的记录。《诗经》共收录自西周初年至春秋中叶大约五百多年的诗歌三百一十一篇（其中六篇只有标题，没有内容），在内容上共分风、雅、颂三大部。其中雅、颂属于宗庙乐歌、颂神乐歌；而来自民间的风的部分，所表现的正是三千年前中国古代乡村的生活样态。在《诗经》的三百零五篇中，有一百五十三篇出现了植物的名称或描写。这充分说明，这种道法自然的农耕生活是中国古代诗词与艺术的源头。从《诗经》到汉赋，一直到唐诗宋词，以诗词方式来抒发中国人特有情感，来赞美诗意的耕读生活成为中国诗词的重要内容。最具有代表性的就是陶渊明的《归园田居》诗，其所展示的乡村耕读生活成为另外一种《清明上河图》。陶渊明式"采菊东篱下，悠然见南山"的与天地为邻、以自然为友的自由自在的耕读生活，成为古代文人告老还乡之后崇尚的隐居生活。充满禅意与生命活力的中华民族艺术，之所以流传千古而不衰，就是因为这种艺术是来自天地间、来自人心的有根艺术，是一种与天地自然共存的艺术，是一种对人类的身心灵有滋养能量的艺术。

四、劳动革命与迈向新时代的新劳动观

在农业机械化的背景下，当高强度的农耕劳动从满足生计中解脱出来之后，农耕劳动不是没有价值了。恰恰相反，在21世纪人类迈向新时代的背景下，农耕劳动价值将比任何时候都高。脱离生计的劳动之后，人类万年农耕劳动所携带的具有道法自然的文化、精神、生命的价值更加凸显出来。在物质产品丰富之后，什么样的劳动才能成为人类第一需求的劳动，目前我们可以肯定地回答，能够成为第一需要的、成为人类生命最优陪伴的劳动，是集生命健康、艺术创作、物质自养、精神自主于一体的农耕劳动，也应该包括游牧劳动。

耕读教育是乡村振兴的灵魂。随着在全国开展耕读教育，中国人不仅可以找到回家的路，而且也为乡村振兴带来了人气与人才、带来了资源与市场、带来了自信与文化。从这个意义上看，在全民中开展耕读教育，是乡村振兴的重要途径。耕读教育，不仅会使全社会重新认识中国乡村价值，也会推动教育回村，带动乡村教育改革，使古老的乡村走向伟大的复兴和振兴。

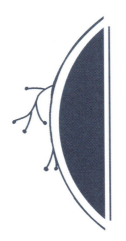

耕读教育 点亮梦想

耕读教育·点亮梦想

　　"耕读教育·点亮梦想"项目的启动是期望通过耕读文化、环保健康、中医养生、传统文化、劳动教育、艺术美育等课程进入乡村学校，让乡村学校的孩子健康成长，成为爱自己、爱他人、爱社会、爱国家、爱世界的生态文明新人才。

　　项目目前由桂阳县荷叶镇中心校和零污染家乡建设项目组承办，已经完成了"为乡村学校筹校服"，"五二〇孝心手牵手大型公益活动"，舞蹈课、人文课、武术课、法制课、环保  课、红色教育课、手工皂课进入乡村校园，暑期"生态新少年"夏令营，零污染校园建设等活动。

　　这些项目的落实产生了很多正向影响。孩子们的梦想被唤醒，变得积极主动；家长们在孩子的改变中也看到了希望，主动成立荷叶家委会来支持老师的工作，愿与学校共同完成对孩子的教育。

　　农村劳动力大量向城市转移，导致大量乡村留守儿童出现学习上缺人辅导、生活上缺人照应、亲情上缺少温暖、心理上缺少疏导等不利于健康成长的问题。"耕读教育·点亮梦想"项目旨在协助学校,为留守儿童提供全面的心理辅导、健康辅导、劳动教育等,并联合家长与学校共同来关注儿童成长。

为解决社会需求,我们短期内开展了:

"为乡村学校筹校服",解决了荷叶镇中心校二十多年来无校服问题;"五二○孝心手牵手大型公益活动",让孩子们理解家长和老师,孝亲尊师;舞蹈课、手工皂课、垃圾分类等课程进校园,丰富了校园生活;鼓励家长自主成立"荷叶中心校家委会",开办暑期"生态新少年"夏令营,有利于全方位培养乡村儿童健康成长……以上活动都取得很多正向效果。

社会创新性有效性的突出特点:

留守儿童问题真实存在,我们会建立"学生成长系统"进行案例记录。这些记录可以让我们看到孩子们学习课程后的成长变化。

"耕读教育"项目的开展,不是靠支教老师单打独斗,而是把培训重点放在学生家长与学校老师身上。目前荷叶镇中心校家长自发成立"家委会",家长、学校、老师多方联合解决孩子教育中存在的很多问题。

与周边乡村联合开展农耕课堂。让周边村子的村民为孩子们提供农耕课堂场所,同时让当地老农民来为孩子们讲课,让孩子们热爱劳动,获得自然的智慧。

经过前期大量的铺垫工作(与学校深入交流、对家长进行大量访谈、开设试点课程),项目组计划在下个学期将耕读文化、环保健康、中医养生、传统文化、劳动教育等课程带入荷叶镇中心校。乡村学校孩子的心理会得到正确的疏导,荷叶镇的少年会更加知礼、明理、尊孝道、有感恩之心。校园暴力事件、安全事件会减少;校园管理更加有序;学生综合素质提升,学校升学率、教学水平也将稳步提升。学校与家庭的稳定,必将促进整个荷叶镇的和谐与稳定。

同时我们会邀请更多环保讲师为学校的同学、老师、工作人员讲解垃圾分类、手工皂制作等课程,将荷叶镇中心校打造成为全国首个零污染校园。

从长远来看，荷叶镇中心校开展乡村教育试点后，可在全国更多乡村学校推广"耕读教育"。乡村教育问题的改善，必将为乡村留下更多致力于乡村建设的人才，助力乡村振兴。

项目的前期重点是招聘全国各地支教老师、环保讲师、中医讲师等人才来为荷叶镇中心校的孩子们讲课。在这个过程中，我们会加强本地教师的培训，为本地进行人才储备。当项目运营一段时间后（第一期计划三年），本地的教师队伍已经形成，家庭与学校的配合也更加紧密，核心教育团队可以退出，并把经验带到更多的乡村学校。

联合发起机构：

中国耕读生活教育联盟、北京明园大学生态文明研修院、浙江爱心事业基金会、广东省岭南教育慈善基金会彩基金、零污染家乡建设公益团队、北京亲情纽带慈善基金会、湖南省郴州市桂阳县荷叶镇中心校

承办机构：

零污染家乡建设项目组、湖南省郴州市桂阳县荷叶镇中心学校

项目宗旨：

让耕读教育点亮孩子们的梦想，让耕读教育助力乡村振兴

服务对象：

乡村中小学、留守儿童、乡村教师、有关村镇

顾　问：

张孝德　中共中央党校（国家行政学院）教授、博导

李勇锋　华夏文化纽带工程常委兼秘书长

胡跃高　中国农业大学教授、博导

······

专家团队：

肖淑珍　北京师范大学社会发展与公共政策学院教授

鲍喜堂　"三亲教育"发起人、校长

贺建增　耕读大学执行校长

郭志刚　"三亲教育"专家、校长

吕轶新　北京亲情纽带慈善基金会理事长

林启北　浙江爱心事业基金会负责人之一

龚赞彩　广东省岭南教育慈善基金会彩基金负责人

项志如　内蒙古赤峰市职业技术学院副教授、"耕读教育·点亮梦想"项目副主任

刘序强　企业家、"耕读教育·点亮梦想"项目副主任

······

发起人：

谭宜永　中国垃工委副秘书长、生态文明研修院院长、公益团队发起人

项目主任：

张淑青　"零污染家乡建设"浙江团队负责人

项目副主任：

项志如　内蒙古赤峰市职业技术学院副教授

刘序强　企业家

杨永珍　茶艺师

钟运芳　国学老师

支教团队成员：

王艳萍、邓晓业、张丽芬、商海燕、盛庆芳、顾家勇、高成凤、刘佳玮、张

新帆、史璞瑜、张翔贵、韩维、吕明、梁智灵、刘容、曹新国、吴建隆、谢雪雁、彭丹、汪爱华……

项目服务内容：

1.“耕读教育·点亮梦想”课程设计和教师资源配备

2.“耕读教育·点亮梦想”总体规划

3.解决试点学校相关需求：学生校服、教师工作服等

4.“耕读教育·点亮梦想”支教老师团队建设、学生社团建设

5.“耕读教育·点亮梦想”志愿者团队建设

6.“耕读教育·点亮梦想”运营团队建设

7.课程设置及相关讲师招募

8.“耕读教育·点亮梦想”项目实施方案与时间表

9.设立全国性公募基金会“耕读教育·点亮梦想”专项基金

10.创办《耕读之光》刊物

11.建立“梦想书屋”

……

耕读教育 点亮梦想

项目理念

"三亲教育"简介

"耕读教育·点亮梦想"公益项目,是遵循"三亲教育"理念、落实党的教育方针的乡村支教项目,旨在帮助广大乡村儿童(尤其是留守儿童)成长为党和国家需要的新时代人才。

一、什么是"三亲教育"

"三亲教育"是以开慧为道的亲自然教育,培养儿童好奇之心,形成全脑思维的德慧艺全能人才。

1.亲情:以亲情为根的孝道教育——培养儿童感恩之心,扎下做人之根

"亲情"重在"情"字,无血缘关系也可以有亲情,有血缘关系不一定有亲情。所有的情得到升华后都会成为亲情,它是人间最美的一种情感。

2.亲自然:以亲自然为道的开慧教育——培养儿童好奇之心,开发全脑智慧,为未来培养有德之才

人与万物共处在地球生物圈(大自然)之中,人类的繁衍与社会的发展离不开大自然,所以我们遵循以大自然为依托,利用自然,改造自然,让大自然造福于人类。

3.亲乡土:以亲乡土为本的厚德教育——培养儿童仁爱之心,种下爱国爱家的种子

乡土文化源远流长,它是中华民族得以繁衍发展的精神寄托和智慧结晶,是区别于任何其他文明的唯一特征,是民族凝聚力和进取心的真正动因。

二、"三亲教育"模式

1.师教与家教相结合:形成"上所施,下所效"的德育环境

以师教促进家教,以家教推动师教,相互配合,相互促进,其管理效能是非常显著的。家庭教育是最具情感的教育,又是最潜移默化的教育。对一个人来说,家庭教育也是人的终身教育。

2.学校与社区教育相结合:形成重仁遵礼的教育合作机制

社区教育是品质陶冶的基础环境。人的全面发展是一个极其重要的过程,是人的社会化过程,是人的社会化摇篮,是人的社会化的基础,是人的社会化的扩大。社区教育是沟通学校、家庭、社会的桥梁。

3.课堂与自然教育相结合:创造传道授业的开慧教育条件

大自然的一草一木、一花一石都对孩子有着莫大吸引力,大自然是最好的课堂,学习、教育、探究无处不在,能满足孩子的好奇心,激发求知欲,让孩子在不断的探索中,感受到最真实的自然体验和快乐。我们通过真实的自然教育课程体系,让孩子们收获真实的世界。

4.乡村教育与城市教育相结合:实现传统与现代对接的教育创新

通过城市与乡村特点差异,培养学生理论联系实际、发现地理问题、解决地理问题的能力。通过分析城市与乡村异同,引导学生树立环保意识,认识保护世界文化遗产的意义,树立人与地理协调发展的环境观。通过城市与乡村教育结合,实现传统文化与现代思维对接的教育创新。

三、"三亲教育"的五教

1.天教——开慧

上天示意,以为教诲。《晏子春秋·谏上十八》曰:"日暮,公西面望,睹彗星。召伯常骞,使禳去之。"

2.地教——厚德

耕读传家,以厚德而载物。耕田可以事稼穑,丰五谷,养家糊口,以立性命。

3.社教——仁爱

社教影响个人身心发展,它是学校以外对儿童、青少年和成人进行的各种教育活动,可以使人知礼节、明事理。

4.家教——孝道

家教是一个人的初始化教育。又指家庭内道德、礼节的教育。

5.师教——传道

师教是泛指传授知识、经验的人。《吕氏春秋·尊师》云:"生则谨养,死则敬祭,此尊师之道也。"

四、我们的课程

服务于儿童身心灵整体成长、德慧艺全修的要求,形成了"儿童新六艺教育":自然开慧教育、经典诵读教育、行为养正教育、四季农耕教育、心灵手巧教育、礼乐艺养教育。

五、我们的教法

以《学记》为指导,根据一百多个案例,形成"教育八心法":

以善心与儿童相通,以敬语与儿童交流。

以上行教儿童下效,以母爱陪儿童成长。

以忌语护儿童心灵,以底线让儿童知礼。

以不语观儿童自乐,以平等让儿童共进。

儿童发展规律

　　人在不同阶段的发展情况是不一样的,家长、教育工作者要非常清楚儿童发展的规律,才能真正帮助儿童成长,不然就会造成很多误伤。

　　"三亲教育"理念下的"耕读教育·点亮梦想"项目,就是在理解人的发展规律的基础上,把耕读、环保、人文、艺术、体育等相关课程融入体制内学校教育中,呵护孩子们身心健康成长。

　　一、幼年期0~7岁,在孩子心中,世界都是好(善)的

　　七岁以前是一个人一生最重要的发展阶段,俗话说"三岁看大、七岁看老",意思就是七岁以前的发展决定了人的一生。七岁以前是身体各器官发展的关键期,决定一个人一生的健康与良好感官发展。当身体感受到健康良好,就能促使生命觉和与能量正面发展。

例如发烧是这个年龄段常见的现象,提示身体受到了各种病原体及寄生虫侵袭。但是偶尔的发烧可以提高身体免疫力,增强人体对抗疾病的能力。因此,在发烧时采取恰当的处理方式非常重要,一般不要用西医的方式极速处理,可以采用温和的中医、自然疗法处理。

二、儿童期 7~14 岁,在孩子心中,世界是美的

感受到温暖是启动热忱最佳的动力之一。陪伴孩子的方式需要很多温暖,不然长大后容易待人冷漠。

这个时期的儿童对身边充满爱与敬崇的成人非常愿意亲近与模仿,这个时期的教育需要榜样,这个时期的学生对自己的老师非常爱戴。

三、青少年期 14~21 岁,在孩子心中,世界是真实的

这是追求理想与知心朋友的阶段。

这个年龄段需要参与很多实践活动,如跟土地连接的农耕等。在学校可以带领孩子们参加垃圾分类、环境保护等工作。

应对这个时代的生态环境危机、疫情等,是当前这一代人应该发展的能力,比如自我效能、理解力和管理能力。生命中遇到危机,人就会有更多机会激发潜能。

当前疫情肆虐,造成疏离、猜疑、恐惧、失去方向感,孩子们该怎么办?需要学习些什么?

1.走进大自然,大自然感受。

2.要特别注意保暖,可以进行热敷,穿亲肤性衣物,做一些按摩等。

3.多与他人共处,如一起用餐、睡前讲故事、出游远足等。

4.学习艺术,如音乐、色彩、舞蹈、泥塑等。

5.参加富有文化氛围的节日,过好传统佳节。

6.进行疗愈性教育,如进行情绪管理、心理疏导的 EFT、零极限等。

耕读教育 点亮梦想
项目系列规划

"耕读教育·点亮梦想"三年规划

"建国君民,教学为先。"教育是国之根本,教育是国之大计。中国自古以来就非常重视教育,教育方法也是百花齐放。

党的十八届四中全会提出要立德树人。2021年11月24日,习近平总书记在中央全面深化改革委员会第二十二次会议上指示:"为党育人,为国育才。"同时国家给出育人的标准:遵从社会主义核心价值观,拥有爱祖国、爱人民、爱劳动、爱科学的社会主义公德。党和国家通过这些文件和论述,阐述了中国要办什么教育、怎么办教育、培养什么人、为谁培养人的问题。

中共中央党校张孝德教授、北京师范大学肖淑珍教授、鲍喜堂校长等专家、学者在党的教育方针和国家有关政策的指导下,结合中国耕读教育的精华和现代教育的先进经验,启动了"三亲教育"研究和推广工作。湖南省郴州市桂阳县荷叶镇中心校紧紧围绕国家有关方针和政策,分析当地情况和现状,制定了中学部将"三亲教育"有效融合与落地的三年发展规划。

我们希望通过三年时间,完善"耕读教育·点亮梦想"支教方案,建立成熟的当地团队,同时建设一支可以服务全国的支教团队。总结出能够普及到其他学校的运行方案。此规划不是标准,而是作为一个参考,在落地的过程中,我们根据实际情况随时调整。

一、总体规划

项志如 张淑青

第一年规划

概况

1.课程入驻

环保课程、生命艺术、经典诵读、人文、励志教育、法制教育、棋类、书法、美育。

2.课程覆盖率

七、八、九三个年级的十一个班,覆盖率为百分之五十。

3.入驻形式

教育是立体的、动态的、系统的,在不同阶段有不同的发展特点和趋势。经过调研,我们结合实际情况,确立具体工作方法。

(1)平行班各项课程正常推进:挖掘调动学生的潜力和积极性,成立生命美育、环保、舞蹈、棋艺、茶艺、书法、武术等社团。通过社团活动充分调动同学们内在的动能和兴趣,帮助学生树立远大的人生目标,培养感恩心、孝心、恭敬心。

七年级是工作的重点:跟踪服务三年,形成一个成果对比样本。

(2)特色班:荷叶中学现有三个特色班,三个特色班设计了适合这三个班的特色教育方案。

A.境教:针对孩子们好动的现状,每天早上早课前、中午午课前、晚上晚自习前的较长时间,支教老师会在班级内播放适合各时间段的古典轻音乐,支教老师静静地坐在班级里读经典文学或者练字,给孩子们营造安静温馨的环境,通过环境影响人。

B.经典教育:每天中午二十分钟读书时间,支教老师会带领学生一起诵读《弟子规》原文及解释,同时纠正学生们的行为举止,引导他们进行正常的行为习惯养成。在经典诵读中学生们逐渐明白做人处事的道理,树立正确的人生观、价值观和世界观。

C.基于学生兴趣爱好的兴趣班:现开设棋类、茶艺、美育、武术、书法等兴趣班。帮助学生找到自己的兴趣点,在兴趣成长中树立自信心,形成正确的自我认知和自我评价体系。不管是文化课或某项专长,找到自己乐学的点,养成专注、乐学的好习惯。

D.家访:家校共建是教育的重要方式,我们筛选出纪律、经济等方面的特殊学生,利用节假日进行家访。通过家访我们了解学生家庭真实情况,有针对性地提出家校共建方案和学生帮扶计划,切实可行地帮助学生和家庭。我们用一年时间家访,帮扶三分之一的学生。

E.家长学习:在学校的倡导下建立家委会,建立七年级、八年级、九年级三个家长群。在群里和家长一起学习做人的道理、家庭教育的方法、家庭环境营造的技巧。每天推送政法大学郭继承教授的传统文化视频、温秀枝医师的家庭教育视频、一些大德老师的视频等。

F.建立学生动态成长档案:通过课堂教学活动以及沟通、交流等帮助学生,记录学生点点滴滴的变化和成长,根据学生的变化调整帮扶方案。

4.零污染校园建设

做好零污染宣传推广,在新教学楼进行试点,建立零污染宣传工作站。

5.支教老师团队建设

支教老师在学历、性别、年龄诸方面没有特别要求,但要求有强烈的爱党、爱国、爱教育之情,要求思想端正,人品高尚,团结友爱,乐于奉献,有爱心、耐心、细心、恒心、感恩心,有很好的榜样示范作用和语言表达能力。

结合"三亲教育"和以人为本的理念,支教老师指导学习《学记》《师说》《乐记》《黄帝内经》《本能论》《人智学启迪下的儿童教育》《内在感官》《营养》《疗愈的秘密》等。

经过一年的学习,支教老师明了教育理念、教育规律、教育原则与方法。支教老师有短期、长期两种。时间、愿力等合适的短期支教老师可以转为长期支教老师,根据需要支付生活补贴。

6.荷叶镇中心校教师团队互容

通过活动、沟通、互动等与学校老师建立良好的关系,参加三次校本研训,宣导相关理念和方法。

第二年规划

1.入驻课程

新增安全教育、中医等课程。

2.覆盖率

七、八年级全部班级,九年级部分班级,覆盖率达到百分之八十。

3.入驻形式

(1)平行班:根据学校课程安排,推进各门课程。社团有选择地吸收有强烈爱好和意愿的孩子加入社团。

(2)特色班:A.境教稳定推进。B.每天进行经典诵读,坚持并做好。开始研读《论语》。C.社团:增加艺术装饰社团和美食社团。D.家访:家访率达百分之七十。E.动态档案:完善、合理利用档案,优化帮扶方案。

4.家长学习

(1)建立家长群,每天固定学习一小时,由家长负责。(2)学习内容:《弟子规》《女德》《了凡四训》《一日常规》。

5.支教老师团队建设

支教老师核心团队达十人,支教老师能够独立进行支教活动方案的设计和规划。

6.荷叶中学老师融合

参加十场荷叶中学校本研训,吸纳十名老师成为耕读教育支教团队的顾问。

7.零污染校园建设

在全校推广垃圾分类,进行零污染校园整体规划和实施。

8.耕读教育特色班

根据家长申请、老师推荐和学生自愿原则,成立一个五十人左右的耕读教育特色班。

全面引入传统文化"立德树人"教育,与家长密切合作,共同设定每一个孩子的发展规划。孩子除正常的文化课学习以外,还可进行传统文化和兴趣学习与探究。

通过两年的陪伴,学生端正三观,树立远大的人生目标,爱学、乐学、善学,成为品德高尚的好学生。

第三年规划

1.入驻课程

根据学校课程需要增减。

2.覆盖率

七、八、九年级全部覆盖。

3.入驻形式

(1)平行班:根据学校课程安排平稳推进,课程有安全教育、经典、书法、励志教育、人文教育。社团有生命美育、武术、环保、茶艺、音乐、舞蹈、装饰设计、美食等。

(2)特色班:A.境教:稳定。B.经典:研究《论语》《道德经》。C.社团:深化社团活动。D.家访:全部。E.做好动态档案:指导初三学生选择好下一步人生之路。F.耕读教育特色班:总结第一个耕读教育特色班情况,规划开展第二个特色班。

4.家长学习

除分享大德老师的精彩视频、家长定期学习以外,邀请教育专家在群里讲解家庭教育,解答教育疑惑,家长的成长就是孩子的成长。

5.支教老师团队建设

(1)支教老师核心团队达二十人。

(2)支教老师核心团队成员可以独立进行支教活动方案的规划和设计,

能够进行支教老师培训。

6.荷叶镇中心校老师融合

参加二十场教师校本研训活动,吸纳三十名教师成为耕读教育团队顾问,可以独立承担荷叶镇中心校"立德树人"教育项目的设计、规划和实施,同时可以对外进行宣传和培训。

7.零污染校园

在全校深入落实零污染校园规划,打造郴州市零污染校园样板。

经过三年努力,荷叶镇中心校形成一套完善的"立德树人"教育体系,培养拥有"立德树人"理念和方法的优秀教师队伍,让荷叶镇中心校的毕业生都能品德高尚、志存高远,走向更好的未来。

8.农耕部分三年规划

劳动产生智慧,劳动产生美。

第一年:在莲塘零污染村进行农耕体验。

第二年:在学校周边建立一亩实验田,师生全程参与制作堆肥、土壤改良、育种、种植、田间管理、收获。

第三年:在学校前租五亩水稻田、五亩菜地、十亩果园,让孩子参与全食物链的生产、加工过程,并为学校师生提供有机食品。

师资培训三年规划

1.培训内容

国家有关教育的法律、法规、政策,《学记》《师说》《乐记》《论语》《黄帝内经》《本能论》《大学》《中庸》《道德经》等书籍,环保、健康、农业、艺术相关课程。

2.培训师资

张孝德　中共中央党校(国家行政学院)生态文明部教授、博导

胡跃高　中国农业大学教授、耕读生活教育联盟理事长

鲍喜堂　"三亲教育"发起人

肖淑珍　北京师范大学教授

温秀枝　自然疗法医师、人智学学者

贺建增　耕读生活教育联盟秘书长

……

第一年规划

1.培训内容

(1)国家有关教育的法律、法规、政策。

(2)学习、背诵、践行《学记》《师说》《乐记》,开展环保、健康、农业、艺术等相关课程。

(3)"三亲教育"和其他有效的教育方法。

(4)家风、家道、家学等内容。

2.培训要求

(1)培训分线上和线下两类。

（2）老师每天打卡学习。如遇特殊情况,可以提前向组织者请假,事后补打,每月可以补打三次。

（3）每周提交至少三百字的工作学习感悟。

（4）每个月提交一份本月学习总结和下月学习计划。

（5）线上学习,每周一次,每次三小时。

（6）线下学习,寒暑假各一次,每次十五天。

3.培训目标

（1）树立良好的师风师德。

（2）掌握国家有关教育的法律、法规、政策。

（3）掌握"三亲教育"的理念和方法,可以进行实际落地操作。

（4）能够做学生成长动态跟踪记录,能够指导家长进行有效的家庭教育。

（5）培养学生的同理心、仁爱心、慈悲心、平等心、敬畏心、感恩心,能够用爱心陪伴学生。

（6）可以承担支教课程。

第二年规划

1.培训内容

（1）国家有关教育的法律、法规、政策。

（2）学习、背诵、践行《论语》,开展环保、健康、农业、艺术等相关课程。

（3）"三亲教育"和其他有效的教育方法。

（4）家风、家道、家学等内容。

2.培训要求

（1）培训分线上和线下两类。

（2）老师每天打卡学习。如遇特殊情况,可以提前向组织者请假,事后补打,每月可以补打三次。

（3）每周提交至少五百字的工作学习感悟。

（4）每个月提交一份本月学习总结和下月学习计划。

（5）线上学习,每周一次,每次三小时。

（6）线下学习上，寒暑假各一次，每次十五天。

3.培养目标

（1）树立良好的师风师德。

（2）掌握国家有关教育的法律、法规、政策。

（3）掌握"三亲教育"的理念和方法，可以进行实际落地操作。

（4）能够做学生成长动态跟踪记录，能够指导家长进行有效的家庭教育。

（5）培养学生的同理心、仁爱心、慈悲心、平等心、敬畏心、感恩心，能够用爱心陪伴学生。

（6）可以承担支教课程。

（7）可以完成调研规划设计、调研实施、调研报告撰写。

第三年培训计划

1.培训内容

（1）国家有关教育的法律、法规、政策。

（2）学习、背诵、践行《黄帝内经》《本能论》，开展环保、健康、农业、艺术等相关课程。

（3）"三亲教育"和其他有效的教育方法。

（4）家风、家道、家学等内容。

2.培训要求

（1）培训分线上和线下两类。

（2）老师每天打卡学习。如遇特殊情况，可以提前向组织者请假，事后补打，每月可以补打三次。

（3）每周提交至少八百字的工作学习感悟。

（4）每个月提交一份本月学习总结和下月学习计划。

（5）线上学习，每周一次，每次三小时。

（6）线下学习，寒暑假各一次，每次十五天。

3.培养目标

（1）树立良好的师风师德。

（2）掌握国家有关教育的法律、法规、政策。

（3）掌握"三亲教育"的理念和方法，可以进行实际落地操作。

（4）能够做学生成长动态跟踪记录，能够指导家长进行有效的家庭教育。

（5）培养学生的同理心、仁爱心、慈悲心、平等心、敬畏心、感恩心，能够用爱心陪伴学生。

（6）可以承担支教课程。

（7）可以给申请支教的学校作支教规划。

（8）可以培训第一年支教的老师。

2022 级耕读教育特色班发展规划

项志如

在荷叶镇中心校中学部"立德树人"教育活动中,我们发现不同家庭背景、不同成长经历、不同状态、不同能力的学生需要不同的针对性教育模式,但最基本的相处经验和态度都是一样的,就是尊重他们的现状,包容他们的所有不足,感恩他们给我们机会一起改变。

有一类学生思想活跃,重义气,有勇气,有活力,有行动力。由于不同的原因,导致他们的自控力、是非判断能力、学习能力、社交能力等远远跟不上年龄和身体的发展。他们有孝亲尊师之心,却往往表现得适得其反;他们有梦想,但梦想离成为国之栋梁相去甚远;他们在努力,可努力的结果却是越来越跟不上其他同学……针对这些学生,支教团队和学校共同研究制定了开设 2022 级耕读教育特色班。

具体事宜如下:

1.学生情况

耕读教育特色班学生来自七年级,由家长申请、班主任推荐和学生自愿,班型为五十人左右,对学生没有成绩要求。

2.教师情况

耕读教育特色班班主任由荷叶中心校党支部书记郭泽宇书记担任。数学、语文、英语等课程由学校正常安排。体育、美术、劳技、音乐等课程由支教团队和学校老师共同承担。

3.指导思想

遵循"立德树人"的教育方针,以德行教育为根本,培养"遵从社会主义核心价值观,具有爱祖国、爱人民、爱劳动、爱科学的社会主义公德"的国之栋梁。

4.课程设置及时间安排

(1)课程:完全按照学校课程安排。

(2)特色内容:经典诵读、武术、中医、环保、棋类、乐器,艺术、人文、书法等。

5.课程时间安排

此项目为期两年半,从 2022 年 3 月 1 日至 2024 年 6 月。

(1)早上六点至六点半,学习发声训练与中华武术。

(2)早读:

A.2022 年 3 月至 7 月,诵读、学习、践行《弟子规》,背诵古诗词。

B.2022 年 9 月至 2023 年 7 月,诵读、学习,践行《论语》,背诵古诗词。

C.2023 年 9 月至 2024 年 6 月,诵读、学习、践行《道德经》,背诵古诗词。

(3)中午读报时间:学习"学习强国"、中国教育、中央新闻等相关内容。

(4)第七节活动时间:棋类、农耕、环保、中医、美食、乐器等体验活动。

(5)第一个晚自习:书法、课业辅导,学生完成作业。

(6)第二个晚自习:课业辅导,学生完成作业。

6.家校共建

(1)建立家校共建学习群:包括所有相关老师和家长,共同探讨解决所有教育问题。

(2)每月一次家长会:根据情况确定是线上还是线下。

(3)群里每天学习:关于教育的相关内容,由家长轮值负责。

(4)家长、老师共同完成学生成长记录,并一起指导学生完善自己的人生规划。

(5)家长负责农耕实践。

7.培训

(1)师资培训:

A.文化课老师:邀请相关学科的专家对授课顺序、授课方法、授课技巧、中考试卷、中考应试技巧等内容进行分析、培训、指导。

B.支教老师:培训内容包括国家有关教育的政策、法律、法规以及《学记》《师说》《乐记》《论语》《黄帝内经》等。

(2)家长:家风、家道、家学、家庭教育等内容的学习和培训。

(3)培训方式:

A.线上培训:每月一两次。

B.线下培训:每年两次成长营。

8.目标

(1)老师可以成长为拥有先进教育理念、教育方法和教育技巧的专家,可以分享传播相关内容。

(2)家长了解家庭教育的本质、内容和方法,成为家庭教育专家,通过自身所学帮助更多家庭教育有困难的家庭和家长,共同营造良好的家庭教育环境和氛围,陪伴孩子走向更美好的未来。

(3)学生成长为品德高尚、有理想、勇于担当、乐于奉献的的国之栋梁。学生中考时会有全方位的提升,给社会、学校、家长、老师一份完美的答卷。

(4)将两年半的成长经历集结成册,为有需求的人提供参考和借鉴。

"梦想小队"成长计划

谭宜永

缘起

目前,"梦想小队"的主要成员来自荷叶镇中心校中学部。这里的农村孩子大多数很质朴、纯真,也非常有活力、梦想、勇气,但也有少部分同学由于家长长期在外务工,家庭监管缺失,使得他们的自制力和是非判断能力没能同步发展,有时还被定性为"问题学生",导致管理难度大。然而,这些所谓的"问题学生"心中也有梦想,也想有出息,也想被人尊重,但他们底子薄、习气重(有诸多不良习惯),有不少老师甚至被他们气哭,所以,陪伴与协助他们成长是一个富有挑战性的工作。

耕读教育支教团队的老师们非常有爱心和家国情怀,他们知道民族的未来核心是教育,特别是基础教育,而乡村基础教育是重中之重。所以他们发愿把自己的时间和精力投入荷叶镇的教育中来,成为具有大爱的支教老师。支教老师们有爱心、智慧、责任、行动力。来自内蒙古赤峰市职业技术学院的项志如老师,来到荷叶镇后就一直在想办法改造那些"问题学生"的思想与行为,她说:"要想帮助孩子,陪伴是很重要的。"在项老师的感召与带领下,杨永珍、刘序强两位老师也住到了学校,一起陪伴孩子们共同成长。

荷叶镇中心校中学部的孩子有许多是留守儿童,有了中学部良好的整体氛围,加上支教团队用心的陪伴,让孩子们感受到了爱与温暖,让孩子们找回了自信,开始形成良好的生活、学习习惯。支教团队的老师们做的这一切,奠定了"梦想小队"启动的基础。

对于那些父母在外打工的八年级"问题学生"而言,离中考时间仅剩下一年半了,而中考对于乡村孩子来说是非常重要的,有些成绩不好的,初中毕业就外出就业,或者成了无业游民。大部分的"问题学生"都是"后进生",学习成绩非常不理想。在一年半中,想让孩子们得到比较大的进步,是一件不容易的事情。我问几个孩子有没有信心把中考目标定在七百分,孩子们都说想试一试,我与支教老师们被孩子们感动了,所以启动了"梦想小队"计划——用一年半的时间,陪伴孩子突破、成长,其中一个目标就是中考成绩在现有基础上普遍提高二百分或以上。"梦想小队"成长计划,缘起学校小部分"问题学生",面向全校,荷叶镇中心校中学部所有愿意参加的同学都可以加入。

"梦想小队"成长计划得到支教团队越来越多老师的支持。来自河北的刘佳玮毕业于燕京大学,来自山东的张新帆毕业于哈尔滨工程大学,来自山西的史璞瑜毕业于太原理工大学,他们三个毕业不久,来到莲塘零污染生态村从事公益事业,承担起带领"梦想小队"的工作。本项目得到了荷叶中心校党支部郭泽宇书记的大力支持,学校组建支持团队,随时支持孩子们的成长需要。此计划也得到了中共中央党校(国家行政学院)张孝德教授、"三亲教育"发起人鲍喜堂校长等专家的大力支持。

经团队讨论,拟定《梦想小队》手册,支持"梦想小队"的成长。我们希望孩子们成为内在有力量、外在有能力的新时代国之栋梁。

在此手册中收录了多篇对青少年特别有启发的文章,在孩子们的心中种下伟大理想的种子,让每个孩子的心都充满力量;收录了《让世界因我而美丽》,通过孩子们的朗读,让孩子的心打开,装下全世界;收录了《面对问题可以如何选择》《情绪释放技巧》,给孩子提供遇到心理、情绪困境的时候超越困难的方法;与孩子们一起讨论确定下来的《梦想小队公约》,让孩子们明确自己接下来要做到的事情。我们相信,梦想小队的孩子们在三位大学生的带领下,在耕读教育支教团队的支持下,他们一定能超越自己,成为更好的自己,创造属于自己的辉煌未来。

"梦想小队"成长计划属于"耕读教育·点亮梦想"公益项目的一部分。在此非常感谢参与"耕读教育·点亮梦想"项目的所有老师。

"梦想小队"公约

"梦想小队"是荷叶镇中心校中学部学生为了实现自己的人生梦想,在支教团队老师的鼓励下自愿组成,他们是一群不甘现状、勇于挑战自己的中学生。他们虽然现在成绩不是很理想,但是愿意通过自己的努力,挑战自己的不良习惯,成为更好的自己。同学们必须获得家长和班主任的同意方可参加"梦想小队",家长须积极参加支持孩子成长的相关活动、课程。

"梦想小队"的支持老师由以郭泽宇、何小娟等为代表的荷叶镇中心校教师团队和张孝德、鲍喜堂、谭宜永、项志如、刘序强、张淑青等为代表的耕读教育支教老师团队以及社会各界爱心人士组成。由刘佳玮、张新帆、史璞瑜三位老师具体实施。

梦想小队公约:

1.自愿加入"梦想小队",遵守公约。

2.愿意成为一个热爱祖国、孝亲尊师、热爱学校、友爱同学、积极向上、讲卫生、爱环保、爱自己、爱他人、爱世界的人。

3.愿意挑战自己的不良习惯,培养良好的学习习惯和生活习惯。

4.每天早上六点集合,参加武术等体育课程,强壮体魄,培养意志力。

5.不参加不良社会活动,不干扰同学,上课专心,不懂主动请教老师。

6.每天晚上参加经典学习。

7.主动承担学校社团、清洁校园、帮助老师和同学等相关工作。

8.中考目标七百分以上,或_____分(最能给你力量的分数)。

9.成为一个对社会、国家、世界有贡献的人。

我们相信每个同学都是一个奇迹,我们相信每个同学都有能力实现自己的梦想,我们相信爱和温暖是同学们成长的力量。我们愿意相互支持、相互鼓励、共同成长。我们相信未来更美好,我们愿意一起创造辉煌的明天。

荷叶镇中心校中学部"梦想小队"_____宣

家长签名:_____

班主任签名:_____

"梦想小队"圆梦方案

1.三位大学生支教老师在未来的一年半期间陪伴"梦想小队"成员。

2.支教团队通过与家长、老师合作,全方位支持陪伴孩子们成长。

3.通过晨读、武术(运动)、读经典(《论语》)来提升孩子们的意志力。

4.帮助孩子们梳理学习难点,开设梦想课堂,邀请高素质老师化解孩子们的学习难点。

5.通过社团活动(艺术疗愈、书法课、环保课、人文课)、写作、演讲等提升孩子们的综合素质(社会责任、关心他人、能力、气质等)。

6.秉持启发孩子们的主观能动性的原则,让他们成为爱学习、会学习、关心学校、关心他人和世界的人。

耕读教育 点亮梦想

2021践行报告实录

"耕读教育·点亮梦想"
2021 践行报告实录

"耕读教育·点亮梦想"支教团队

"耕读教育·点亮梦想"这个项目从 2021 年 3 月启动,到 2021 年 11 月,八个月左右,在荷叶镇中心校领导和老师们的支持与鼓励下,在"三亲教育"团队专家们的指导下,在所有支教老师的努力下,取得了一定成效,也获得了学生、家长和老师们的认可。

在这个过程中,来自全国各地的支教老师超过三十人,支教服务覆盖荷叶镇中心校全校一千六百余名学生(包括上学期毕业的学生)。在这个过程中,发生了许许多多令人赞叹的事情:筹校服、五二○手拉手大型活动、生态新少年夏令营、学生成绩提升、更大范围支教、爱心读书角、零污染校园建设、"梦想小队"成长计划……

我们看到了,只要我们愿意,梦想就可以实现。

在此,"耕读教育·点亮梦想"团队对 2021 年的工作作一个小结。一是为了让支持我们的各界领导、专家、老师、朋友们了解项目的进度;二是总结经验,梳理这段时间的工作得失,为明年的工作做准备;三是希望能让大众深入了解本项目的价值,希望得到大家的大力支持,帮助更多的乡村儿童。

此报告是根据支教团队总结演讲内容整理,每个分享的支教伙伴都会讲自己为什么来支教的故事,也会讲支教过程难忘的故事。这不是一个数据性的报告,而是一个有温度的故事,相信在这个故事中,你会感受到这些支教老师的初心,会感受到他们给孩子们的爱与温暖。

该践行报告实录由以下六篇文章组成。

乡村支教，陪伴就是疗愈

张淑青

这个项目是在湖南郴州，这里是零污染家乡建设团队发起人及负责人谭宜永导演（以下简称谭导）的家乡。零污染家乡建设公益团队是一个教育服务团队，我们在荷叶镇潭溪莲塘自然村（谭导出生成长的村庄）建设零污染村庄。

过去的九年中（从 2013 年开始），谭导带领团队在温秀枝医师的陪伴下走遍全国三十二个省市区，公益推广零污染建设、健康生活方式、友善农业、水源净化、应急救援，等等。2019 年春天，他下定决心带着团队回到家乡，从捡垃圾开始，用行动去带动更多的人，建设莲塘零污染生态村。

我之前一直在义乌从事环保健康事业，进入这个团队却是因为我对人类生命健康的关注。2019 年谭导来到义乌，问我一天能给多少人按摩，可帮助多少人回归健康。当时我想确实帮不了多少，而环境污染确实越来越严重。之后参加了北京讲师班，老师同样问了大家类似的话，说环境危机现在这么严重，如果每个人只想到自己的健康，环境问题却无法处理好，那又如何去帮助他人呢？地球污染都很严重，我们又能逃到哪里去呢？当时想想也对，我把三万多元租的工作室转掉了，然后改变了自己的方向，开始从事环保教育，走上了环保公益之路。

所以，现在对我来说相对比较熟悉的是环保教育。然而，自从 2021 年 7 月来到莲塘之后，对于自己怎么去做留守儿童教育感到迷茫，开始怀疑我能做好吗？有时候我也在想我到底要做什么？很多时候好像是因为谭导和其他老师一直那么辛苦地在做，我觉得跟着他们应该是对的。

所以看到谭导这样做，我也问过他，团队到底要做什么样的教育？为什么要做耕读项目？为什么要做儿童教育？之后才明白，乡村要振兴，儿童教育就是基础，它是乡村建设的根和核心。

我儿子上四年级的时候，我接触到了华德福教育，那时还没有与温秀枝老师认识。因为当时我的教育方式有问题，让我先生和孩子都很苦恼，经过我妹妹的介绍才接触了华德福教育。当孩子跟阿姨说妈妈老是骂他时，我妹就问我说："你梦想中的儿子是什么样子呢？"我说："哪一个妈妈不希望自己的儿子有能力？我想这是每一个家长都想要的。"然后她说："那按照你现在的这种教育方式，你的儿子会成为你的傀儡，以后你叫他做什么，他就做什么，离开你他什么也做不了。"

她这番话让我感受很深，就问那我该怎么办，她就给我买了一些书，从那个时候开始接触到了华德福教育，我开始改变我自己。当时我觉得很痛苦，因为我在无意之中发现，老是想要让孩子去做我认为对的事，或按我的标准、要求去做。在这个过程中我最大的感受就是我要刻意控制自己，让孩子有自己的空间。也是在这个过程中我发现孩子有反锁门的习惯，在他上大学之后我才知道他为什么老是要反锁门。他说包括高中的同学，也是经常被他反锁在外面。他说"妈妈你知道吗？从小你一直守在我身边，然后有一天你不守在我身边的时候，我就开始把门反锁了，因为我不想让你进我的房间"。经过了十年左右，他才告诉我原因。

通过这几年的学习，我发现儿童教育真的很重要，而且往往都是我们在不经意间对孩子造成了伤害。说成年人最不需要被教育，是因为其思想模式、价值观在从小到大的教育过程中被固化了，所以觉得儿童教育真的非常重要。

谭导也说我们现在乡村振兴要做乡村的基础教育，这是最根本的，这就要去学校。当我们来到荷叶镇中心校后，发现两千多个孩子(中学部一千三百多)多数都是留守儿童。我们都知道留守儿童在成长过程中，可能出现很多问题。因为在这个过程中，他的价值观、思维模式、行为等都会因为没有受到合适的教育，将来有可能成为社会问题。

像我自己，因为之前的无知，在无意中伤害到孩子。在学习这个的过程中，我知道了老师课程中提到的"很多疾病来自他的儿童期"。包括我自己的先生，他因为肝癌过世，我再去了解他的家庭教育模式，他从小到大的环境，就明白了他为什么会得这病。

所有的女人都会生孩子，但是如何去教育孩子，这不是每个人都会的，需要我们当父母的去学习。在参与耕读教育项目的过程中，我觉得自己受益匪浅。

乡村要想有一个美好的未来，就要从教育开始。中国是个以农耕著称于世的文明古国，现在国家也开始要求更多的学校落实耕读教育，它不只是劳动和实践，更重要的还是精神与物质的平衡。所以在这个过程中我们能够进入荷叶镇中心校是非常好的一件事。

我问过谭导是怎么样进入这个学校的？谭导说我们要去了解他人的需要，要去关注对方的一些需求。这几年在与学校的对接过程中，知道了中学部郭泽宇校长也有一直没有实现的梦想，那就是希望孩子能够穿上校服。

荷叶中学现在有一千三百多个学生，八十多个老师，总共一千四百多人。

在学校和我们的共同努力下，2021年5月20号，在荷叶镇中心校中学部进行了一个五二〇授服仪式，实现了郭泽宇校长的梦想。

在义乌开皂师班时，谭导说希望我也能来到莲塘支持五二〇，可惜当时因为家里的一些事情没能来到现场。但是我知道重庆来了二十多个学长，他们开着大巴车来到莲塘，当时真的很感动。

五二〇活动现场

就像谭导说志愿者来到莲塘,可让全国所有的志愿者都知道,支持乡村儿童不是捐钱而已,钱只是一部分,更重要的是要有人来陪伴!

上千个孩子的学校第一次举办这么大型的活动,对学校来说是第一次,对于没有来到现场,我还是觉得蛮可惜的。

教育是用生命去影响生命,这就需要更多的人在一起。也正是因为这样,我们想要邀请更多的志愿者来到乡村陪伴孩子。

谭导说孩子的成长需要更多的人用爱心去陪伴,我们老师也一直说最好的疗愈就是陪伴,可能也是因为这个原因,让我更加明白为什么来到这里。

现在有很多学长不明白,我自己当时就是这样一种状态。因为时常听老师说,当地人做当地事,所以我也在想为什么要去莲塘呢?我作为浙江义乌人,我们浙江还没有做好呢!我去莲塘做什么?!

跟着谭导学习之后才慢慢地明白了。待在莲塘的这段时间对我的影响很大,让我更明白了老师说的那句话:“当地人办当地事。”我现在认为作为

51

中国人，中国就是当地！我们人活在地球上，那么整个地球都可以是我们的当地。这样去理解自然就想通了，也就不再纠结！

更何况老师一直都说，中国是要引领世界的，那我们就要齐心协力把中国方案做好，唯有如此才能引领世界。

在这里还有那么多的老师，包括项老师、刘老师、杨老师，这么多专业老师在这里，我觉得可以跟他们学到很多。虽然我也认为自己成长得很慢，但比起在义乌，可以让我成长得更快。

在五二〇之前我们虽没有系统地进入学校，但在学校里也有环保培训课，让孩子很欢喜；而励志课让孩子发生了改变。

我们来到这个学校后，用温暖、爱心、包容陪伴孩子们成长，相信他们会有不一样的未来。他们不仅可以适应现代社会节奏，也能够在这个基础上去创造更广阔的天地，相信他们的人生也会变得更广阔。

"耕读教育·点亮梦想"就是去培养这种先进生态文明的建设者和接班人。如暑假期间在荷叶镇中心校招生并举办了一个夏令营，内容包括农耕、垃圾分类、零污染村庄建设、家务体验等。通过这些课程培养孩子知礼、孝顺、明理、热爱学习，让孩子成为内在有力量、外在有能力的生态新少年。

事实证明，生态新少年现在已经大量涌现，目前在学校各个社团里也担任了重任，都在协助老师工作。

　　这些孩子确实很优秀，他们每天五点就准时出发，到固定场地诵《弟子规》、捡垃圾等。七点左右回来，他们就要洗漱、吃饭。这样看，他们的日程排得很紧凑。

　　记得有一天早上五点不到，突然接到谭导电话，让我赶紧起床跑步过去。当时还以为发生了什么紧急事件，原来只是想让我们一起参与孩子们的跑步。其实很多时候孩子们都比我起得早，他们白天还有很多课程，如农耕、书法、写作、绘画等。

　　而且他们下课后还要去厨房协助洗菜、炒菜、洗碗，午餐期间还要他们轮流分餐，我觉得这个过程非常好。因为我自己的孩子平时都是以读书为主，没有做太多的家务或农活。

　　我儿子当时也来到了这边，体验了十天。当时他在很多地方不如这些孩子们，特别是在动手能力方面。因为他一直在读书，从小到大没有干过活，所以我觉得这些孩子们真的很棒。

　　我觉得爱国教育迫在眉睫，现在的孩子，包括我们这一代普遍缺少爱国教育。所以爱国教育真的需要被重视起来。我们在新闻上也看到，清华北大培养出非常多优秀的学生，但是他们出国之后有些却不愿意再回来报效祖国。

重走潭溪的长征路

　　另外，我们今天的美好生活离不开我们的前辈们，是他们付出了无数的生命和鲜血才有我们今天的幸福生活，我们永远都不应该忘记这一点。我们应该引导孩子们爱国家，学成后报效祖国。

耕读教育是我们每一个人的事

项志如

今天非常开心能和大家一起分享我们的耕读教育。在这里面我想跟大家分享一些我们一直在探讨的内容。也请大家给我们多多指导。

耕读教育,点亮梦想。我们更多是支持贫困儿童,支持留守儿童。

那么我们到底是怎么做耕读教育的呢? 在这里把我们的一些建议分享给大家,希望大家多提宝贵意见,和我们一起来做好耕读教育。

因为耕读教育不是淑青的事,也不是佳玮的事,也不是每个支教老师的事,但同时又是我们每个人的事。耕读教育是所有中国人的事,所有地球人的事,我们要一起来做好这个工作。

耕读教育的使命是:传承中华智慧,办好中国教育。

作为一个中国人,每个人都遗传了老祖宗的智慧。我们要凝聚力量把中华智慧传承下去,让中国复兴成为引领世界的力量。我们是这中间的一个小小的分子,但是每一个分子做好了,这个集体的力量就大了。

耕读教育的目标是什么？立德树人。这是我们党提出来的教育思想，它符合社会发展的需求。

耕读教育的愿景是让每一个孩子都成为更好的自己。

希望家长、同人一起努力，呵护我们的孩子，引领我们的孩子。

为什么我们要选择耕读教育？

中国是一个农耕大国，自古就是以农耕为主。中国智慧来自农耕，中国发展史就是农耕进步史。中国的伟大复兴也需要农耕智慧。

耕读是从什么时候开始的？我们说孔夫子是中国教育的先驱，他那时候就已经开始传播耕读教育。到西汉的时候，扬雄提出农耕不仅是谋生的方式，他也从中可以体悟到道与德。北宋时期，宋仁宗颁布劝耕劝读政策，鼓励读书人和农家子弟参加科举考试，也体现了农耕教育。

在耕读文化的发展过程中，耕和读的内涵也在发生着变化。耕不仅是一种生产方式，读也不只是为了应举。参加过农耕劳动的人都深有感悟，它可以培养我们勤劳务实、吃苦耐劳、脚踏实地的品质。我们脚踩大地心里踏实、充实，而且充满力量。同时我们可以感受"粒粒皆辛苦"的辛劳和不易，更有助于养成勤俭节约的习惯。而读书则不仅可以立志，更能修身立德。

现在很多人都感叹自己家孩子胆小如鼠，一点点责任也担不起。为什么呢？因为我们缺乏与大地母亲之间最有效的连接，缺乏大地母亲这个强大后盾。通过耕读教育培养良好的行为习惯和高尚情操，不断滋养个人的道德品格，从而使家庭和睦、社会和谐。

大家都知道孩子是家长生命的延续，家长是原件，孩子就是复印件。我们说在不同的家庭环境下就会养成不同的行为习惯，也就会有不同的人生和未来。所以家长是孩子的第一任老师也是终身老师，家长的行为习惯和思想意识影响和决定着孩子发展的高度和未来。

在我们整个的耕读教育实施过程中，我们的重点其实就是两个：一个是我们和学校老师的互动、沟通以及融合;另一个就是家长的学习和培训。这是我们最重要的两项工作。因为只有家长有了正确的教育理念,掌握了正确的教育方法,并乐于去付出自己的努力,这个家庭才会变,孩子才会越来越好。只有学校的老师有了时间、精力和意愿,能够从德智体美劳全面发展的角度去陪伴和支持孩子,学校才能够真正实现"立德树人"的目标。

在支教老师培训的时候,我们选择了这样一些文章或书籍,一起从事支教的家人们可以提前学习。

一是《礼记》里的《学记》。这是我们支教老师或者说以后想做老师的人必学的一篇文章。

二是韩愈的《师说》。我们经常听人家说"师者,传道授业解惑也",就是来自《师说》。

三是《乐记》。我们说移风易俗莫善于乐,音乐在人的发展中具有特别重要的作用和意义。所以我们想要做好老师,一定要把《乐记》好好地品读一下。

四是《黄帝内经》。它是中国医家最早、最基础的一部著作。我们要想自己有好的身体,有健康的心理,就要用心研读《黄帝内经》。

五是郭生白的《本能论》。该书用现代语言提炼和总结了《黄帝内经》。

我们对支教老师有什么要求?对支教老师的要求既高又低,既简单又复杂。

第一,支教老师要爱国,没有国就没有家。

第二,支教老师要爱党,因为我们现在所有享受的一切都是我们伟大的中国共产党带领中国人民前仆后继奋斗而来的,所以我们要吃水不忘挖井人。

另外,支教老师要有足够的爱心、耐心、恭敬心、感恩心、恒心、责任心。有了这几心,不论年龄大小,不论学历高低,不论性别,将会是一位优秀的支教老师。

　　我们在这里代表孩子，期待着更多有情怀的人加入支教行列中来，让我们的爱温暖更多的留守儿童。

　　对于孩子的培养目标是什么？通过我们的努力付出，让孩子们心怀感恩、勤劳勇敢、乐于奉献、勇于担当、健康快乐，成为国之栋梁。

用棋艺课激发孩子的内在动力

刘序强

我是来自深圳深度教育团队的支教老师,主要是做励志教育和棋类课程。

棋类课程主要是围棋和国际象棋。棋类课程可以激发学生的内在动力,让他们用自己的力量来成长。另外就是以传统文化及梦想教育树立学生的人生志向,帮助他们建立正确的人生观、世界观和价值观。

我们成立了棋艺小组。同学们很喜欢参加棋艺活动,目前的第一阶段兴趣班已经有八十多人,可能很快就要分班。我们的兴趣班是经过家长、班主任的同意才参加,因为同学们在校以学习为主,棋类是辅助课程。

棋艺让同学们找到自己的兴趣和爱好,因为同学们爱闹,而在下棋的时候都要安静。下棋让孩子们安静思考,让他们学会遵守规则。

学校很支持这个活动。我们也欢迎朋友们来到荷叶镇中心校支教,体验一下生活,做一些有意义的事情。

我希望为孩子们多做一点儿实事

钟运芳

我来自湖南长沙,我和我先生还带了一个孩子一起来到莲塘。本来我们只是说先过来看一看。因为在微信上看到零污染家乡建设的一个招募信息说:来莲塘做生态人,孩子有学上! 没想到我们居然留下来了。

我们的孩子在其他地方的体制内学校里面读了一年,情况不太好,就一直想给他找一个适合的地方。在寻找当中看到了招募信息,然后和谭导作了一些沟通就决定过来看看。

过来的时候,刚好赶上举办夏令营,孩子也跟着一起参加了夏令营,在这期间,他的餐饮习惯就发生了一些改变,我们觉得挺不错的,就决定留下来,我们是这里的第一户新村民。

紧接着就到了第二期生态夏令营,我没有想到谭导他们让我承担厨房工作,要做六十多个人的饭菜,我实在是没有这方面的经验,但是谭导还有团队同伴给我很多鼓励。毕竟我自己也希望做点事,有这种机会也是一种锻炼。我之所以敢承担这个重任,是因为谭导讲过一句话:"大不了我们一天吃三顿面条,总能保证吧! "当然,这肯定是谭导为了给我减轻压力而说的。结果到后面越做就越顺了,感觉对自己是一个很大的突破。所以我觉得对我是一种很好的成长,我相信很多人跟我一样,只要你愿意走出舒适区,就可以得到提升。

夏令营结束了,只剩下了几个人,厨房就很好打理了,然后又算走入了一个舒适区。没多久就开学了,我们接到谭溪学校的支教需求,然后就去了。因为人手并不是太充足,也是看谁愿意就让谁承担,这个时候我心里不太自信。实际上我在来这边之前在一所私立学校当了一年副班主任,带过班,只是对当时的自己不是太满意。

去潭溪小学试着讲了课,同事和校长都觉得不错,只是自己的信心总是不太足。不过我想大家都这么信任我,而且我自己上小学的时候成绩很棒,虽然有一种心理上的惶恐,但还是承担了下来。

我觉得只要我愿意,这个应该是小意思,何况我也是大学毕业生,不过我还是需要一些更好的方法。实际上我们是在进行"三亲教育"与体制教育的一个很好的结合,这个可能有一些难度,这也正是我们尝试优化体制教育的一个很好契机,所以需要我们很好地学习"三亲教育"的理念和方法,然后看怎么融入体制教育。

潭溪小学课堂

现在潭溪小学只有语文和数学两门课,也只有两个老师,这对孩子的全面发展不利。另外,老师确实累,一个人带一个班,一天都在上课。我自己对教育也有所思考,知道教育是一件非常重要的事,虽然是无意中走到这条路上来,但有一种内在力量驱动我来承担,使得我更多地学习这方面的知识。

　　"三亲教育"其中有一条是亲情教育,主要是教孝道,这是中国人的一个根,我也是因为学了传统文化才知道亲情教育源于中国孝道文化,认识到孝道的重要性。因为学到这个,自己有很多思考,对待家庭的方式也有很大改变。还有一条是亲自然,就是让孩子更多地接触自然,保护孩子的创造力,这跟我们所希望的培养创新型人才非常一致。再一个是亲乡土,亲乡土其实就是培养一种爱国爱家的情怀。

　　每周我们会和"三亲教育"的专家们连线,我们有什么问题,他们都会给予解答。一直希望能够去"三亲教育"学校实地观摩,但是由于疫情,可能也是机缘不太成熟没去成。但是不管怎样我们都要作出努力,他们可以做到,相信我们也一定能做到。

　　我在这边小学教语文,本来这里上午都是语文课,其中第一节是早读。来学校后,我跟校长说希望把"经典"这一课给孩子们加上,因为七岁左右的孩子是记忆的黄金时期,能够读诵这些非常有智慧的经典,对人的一生都有益。

　　课堂之外,有时候陪着孩子们玩,他们都非常高兴。中午我们也在学校

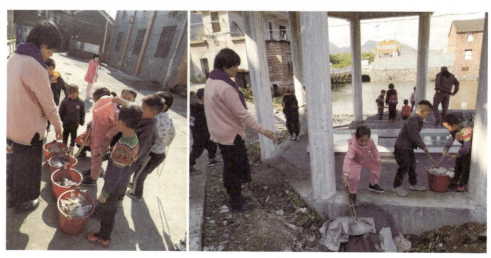

三亲教育场景

吃饭，看到孩子们吃的东西比较单一，尤其是缺乏蔬菜搭配，还有一些垃圾食品。从这些可以看到，孩子和家长缺乏健康营养的概念，我们需要教给他们科学的饮食习惯。

孩子喜欢我们的辅导方式，我们会想尽办法给他们讲清楚、讲明白。总之对孩子们要用爱心耐心来陪伴他们。孩子们也需要学一些其他的技能，例如，我们教他们垃圾分类，孩子们都能愉快地接受。

教学时间越长，做的会越多。我们还种了一点儿菜，用村委会的厨房（学校目前跟村委会挨在一起，有一个小厨房）做熟，让孩子们吃上可口、有营养的饭菜。我希望能够为孩子们多做一点实事，像家人一样陪伴他们成长。

画画帮助孩子提升专注力、自信心

王艳萍

我是浙江衢州人，本身是公益团队的学长。一直以来都跟着我们的团队在学习在成长。2021年上半年，我们公益团队在线上开设了生命艺术课程，淑青学长让我协助薇萍老师管理转播课程。我就跟着薇萍老师学习曼陀罗绘画，一直到现在。实际上我之前并没有接触过画画，在我学习曼陀罗绘画的过程中发现自己有了很大改变。

老师讲曼陀罗绘画对于我们专注力和自信心的提升有帮助，对思维的开拓也有很大帮助。在画画的这半年中，我自己确实深有体会，最起码我做事情的果断性比以前有所提高，思维也有所开阔。正好我们公益团队在荷叶镇中学有支教活动，可以学习观察了解儿童的成长。借这个机会我就来了，一直跟着孩子们一起画。

这里多数都是留守儿童，在我们陪伴的过程中他们有了很大变化。目前来说我们最大的困难是缺少支教老师，只要大家有爱心、有耐心，欢迎过来支教。

我们是这样开展支教工作的

张淑青

我们的耕读教育分两部分，一是小学部分，另一个是中学部分。小学由钟老师和杨老师来带领。

荷叶中心校中学部的有些留守儿童有时让我们支教老师比较头痛。为了让孩子们喜欢学习，我们每天都会有一堂课来提升孩子们的学习兴趣，我们五个老师分别负责五个板块：环保、美育、茶艺、武术、棋艺。

对于有行为或心理问题的孩子，我们一周分别用环保、美育、茶艺、武术、棋艺。教棋艺的刘老师曾说，棋艺可以提高学生的专注力和全局观。刘老师本来是企业运营管理者，我觉得让孩子从小就培养这些能力非常好，孩子们在他的带领下进步很快。一般学校都没有开设这门课程，到了大学才有机会去锻炼这种能力。然而，在荷叶中学，只要孩子愿意，他们从中学就可以锻炼这种能力。

书法课程主要是练习写字，之前鲍校长说，只要把字练好、写好，在中考或高考的过程中就可以有机会加分。如果你平时字迹不清楚，阅卷老师不可能看得很仔细，字写得不好就会有减分的风险。

耕读项目第一阶段的规划是三年，有零污染板块，如打扫厕所、楼道，并形成一个可供参考的样板，让孩子们从小培养环保理念。吕明学长给孩子们讲解环保课程，引导学生尽量减少使用一次性用品。

生命艺术课程可以消除我们内在的压力，让内心从无序变得有序，增加自信心。在绘画过程中看到孩子们因为自信心不足，不敢去画，最后通过绘画，有一个明显的改变，这是非常令人喜悦的。

武术社团的晨间武术课

武术也可以帮助孩子们静心，锻炼身体。现在孩子们普遍缺少这一块学习机会，体育课通常被主课占用，导致孩子们缺乏锻炼。

非常感谢郭校长以及荷叶镇中心校的老师们，能够为孩子着想，为国家未来着想，让我们开设各式各样的课程，以培养孩子的各种能力。

我相信我们在这里践行的一切，会有更多学校效仿。希望我们的孩子成为内在有力量、外在有能力的人才。

农耕课上，孩子们也会参与种地，拔草插秧。我们学校的校长也会带着孩子、家长一起来参与拔草、插秧、收稻子。

还有红色教育部分，来自重庆团队的韩维夫妇和飞燕学长，前段时间开车来到了莲塘，分享了他们的故事。我们的张翔贵学长之前参加过战争，他把自己的经历分享给孩子们，让孩子们知道今天的幸福是因为很多前辈的付出，我们要珍惜，好好学习，以报效国家。

这就是我们耕读教育项目这一年的情况，我们需要更多的支教力量参与其中。在这里支教对我们个人成长帮助巨大，能够积累很多经验。

有人问：如何更好地支持这个项目？可以做些什么？其实我们能够做的很多，来支教或者捐款支持都可以。还有些朋友说如果能让这些孩子的父母回到家乡陪伴他们不是更好吗？

是的，其实我们也这样想的，所以我们一直在努力。相信通过我们的不断努力，会有越来越多的家长支持我们、理解

我们，并跟我们一起回到家乡陪伴我们的孩子。

目前我们只能给长期支教老师们一点补助，维持基本生活需要，我们也在想办法给支教老师们更合适的工资。所以现在非常需要更多爱心人士的支持，只有这样才能让这个项目走得更远，才能帮助更多的孩子。

乡村教育之中流砥柱
——荷叶镇中心校教师团队

我的梦想是做人民教育家

——荷叶中心校党支部书记、班主任郭泽宇采访实录

问:您的梦想是什么?

郭:就我个人而言,我的梦想是要成长为人民教育家。对于我所耕耘的学校而言,我的梦想是要把我所在的学校打造成为全国一流的乡村教育示范样板学校。这就是我作为教育工作者的两大梦想。

问:您是怎么理解乡村教育的?

郭:我从事乡村教育有九年了,对乡村教育有着非常深刻的体会。乡村教育目前来说发展很艰难,但也充满了希望。至于为什么发展艰难,主要有三个方面。

第一,现在城市化进程加速,很多孩子与学生家长都往城里跑。

第二，现在出生率比较低，农村正在萎缩，农村学校也在萎缩，这对乡村教育来说是一个很大的挑战。人口出生率低，比如说我们荷叶镇之前有七所村小，在十年前每所村小都有三四百人，但是现在还有一二十个人就很不错了，办学规模不到原先的十分之一。究其原因，要么是有些人因城市化而离开了家乡，要么是农村里有些男青年娶不到妻子，要么是有些家庭因生育观念发生了变化而不想或不愿意多生孩子。

第三，农村教育比较难留住优秀教师，稍微优秀的青年教师在农村一般只待三四年，像我这样留在乡镇一干就八九年的屈指可数。所以，农村教育很难留住优秀人才，这成了农村教育发展的一个"瓶颈"。我目前最想做的一件事是：发起成立"荷叶教师人才发展基金"，用"财"来留一批"优秀的乡村教师人才"。

优秀教育人才留不住，既有经济待遇方面的原因，也有乡村生活环境与质量比不过城区等原因。不过，也有一些老师，确实是由于个人家庭方面的原因，比如对象在城里或者想让孩子接受更好的教育，所以不得已而离开了乡村。

虽然在有些老师的心目中，可能觉得城里教育比乡村教育要好，但是我觉得乡村教育也充满着希望。比如一群有激情、有梦想、有情怀的年轻人以及一大批社会爱心人士都在关注着乡村教育的发展，有的甚至在积极投身与奉献于乡村教育，这是乡村教育的希望所在！

最近几年，我们周边的乡镇中学和完小都经历了大幅度萎缩。由一千多人锐减到三四百人的学校很多。但是我们荷叶镇中心校，尤其是荷叶镇中心校中学部的办学规模却不减反增。这首先得益于有一批优秀的青年教师扎根、奉献在这里。其次还有一批爱心团队，尤其是谭宜永及其所带领的耕读教育支教团队，一直在这里奉献耕耘，促进了乡村教育的发展，使我们的学校越办越大、越办越好！

问：耕读教育项目开展已近两个学期，您是如何理解和看待这个项目的？

郭：我觉得耕读教育项目非常好。首先，它积极贯彻落实了党中央的教育方针。其次，它非常接地气。在我们农村学校搞耕读教育，很符合农村实际，它一方面能够引导我们的孩子从事必要的农耕劳作，这其实也是对劳动教育的一个补充，另一方面还能培养我们的孩子吃苦耐劳的精神，使我们的孩子在耕读教育中学会做人，并力争把学习搞好。所以，耕读教育的开展不仅可以促进学生综合素质的提高，而且能很好地促进学校教育教学质量的提升，我觉得非常好！

问：具体发生了哪些变化？

郭：发生的变化可多了，我主要从以下三个方面来谈已发生的变化。

第一个方面，学校校风校纪发生了很大变化，这得益于耕读教育开展后，促进了学生素质的提高，学生素质提高了，校风校纪自然也就好了，乱涂乱画等不文明现象也随之不见了。

第二个方面，校园文化发生了翻天覆地的变化。耕读教育开展半年以来，耕读教育联盟为我们学校的孩子发起了筹校服活动。我们的孩子们都穿上了梦想的衣裳，那就是校服。在整个桂阳县农村地区，能够成功解决农村孩子的校服问题，我们是唯一一所。而我们是在耕读教育联盟的推动下，才成功且顺利地解决了孩子的校服问题。校服问题的解决，使我们的校园文化建设得到提升与发展，整个校园面貌都焕然一新！

第三个方面，就是我们的办学更有特色了。耕读教育其实是德智体美劳中"劳"的一部分，是对劳动教育的一个补充。自耕读教育开展以来，不仅促进了我校教学质量的提升，还强化了学生的劳动观念，使学生今后更能够适应社会的发展，更加具有发展前景。

以上是耕读教育开展以来我们获得的一些成就。在这一过程中，我们的支教老师非常辛苦，但他们在辛苦耕耘的同时，看到一所乡村学校的发展与进步，内心其实也是非常喜悦与幸福的。

问：您想对他们说什么？

郭：我想对他们说："要想办成一件事真不容易！来我们学校开展耕读

教育,真是辛苦了!"他们默默奉献、无私付出的精神感染带动了我校一大批年轻教师,从他们身上我们看到了人性中最美的光辉。

我觉得中国乡村要是多一些有爱心、无私奉献的支教老师,中国的未来,尤其是中国教育的未来,一定是很有希望的!希望有更多的人能够像我们学校的支教老师一样,积极投身奉献于自己所热爱的教育事业,相信中国的未来一定是光辉灿烂的!

问:说说您给这个世界的祝福。

郭:我首先想表达的祝福是,祝愿我们的耕读教育不仅能在我们学校帮助孩子们实现梦想,在全国乃至全世界,都能够点亮孩子们的梦想。其次希望世界能够尽早地走向大同,早日实现习近平总书记所提倡的构建"人类命运共同体"的美好愿望。到那时,无论是城里的孩子,还是农村的孩子,都能够其乐融融,享受耕读教育带来的一切美好!

留住优秀老师，让孩子愿意留在乡村

——荷叶镇中心校中学部安全与德育处主任、班主任何小娟采访实录

问：关于乡村教育您是怎么看的？

何：关于乡村教育这个题目太大，不太好说。

问：这些孩子在您的带领下，他们有哪些变化？

何：初二下学期的时候，刚刚接手这个班，多数学生比较调皮。当时的班主任在管理过程中存在着一点点失控，课堂纪律不好，老师正常上课都有困难。

我接手之后，在班上进行了一个大胆的改革，并且在管理方面跟得比较紧。然后他们发生了很大改变，并且在谭宜永学长的梦想教育的激励下，他们有了一定目标，在生活习惯上发生了很大改变。与此同时，学习成绩也

明显提高,特别是在党支部书记郭泽宇的支持下,近段时间在支教老师带领下成立了多个社团,他们从各个方面培养自己的兴趣爱好,调皮捣蛋现象明显减少,学习成绩也越来越好。最开始的时候对他们做调查问卷,问他们的梦想是什么,有些同学说梦想就是睡觉打游戏,但是现在很多同学说"我想考桂阳蓉城高中、考甘甜高中、去职业中学学习一门手艺、成为企业家、做医生……"他们的思想被调整了,开始有了志向。

问:我们学校有支教老师,他们给您教的班带来什么样影响?有没有具体的一些事例?

何:我们班参加支教老师组织的社团活动还是比较积极踊跃的。他们浮躁的心明显静下来了,愿意坐下来动脑筋思考问题,可能还会思考人生。

还有就是一个美术"简单蓝"——艺术疗法。他们从中找到了自信,变得更加平静,不那么焦躁了。我们班上的留守儿童以及贫困学生在这个过程中也找到了自信。

问:您想对那些支教老师说点什么?

何:我真的非常佩服这些支教老师,他们不辞辛劳又不图回报,在这里无怨无悔地奉献聪明才智。

有时候工作特别辛苦,有时候甚至还会被一些人误解,所以我非常佩服他们。另外我想对他们说:"辛苦了,谢谢你们!因为有你们,这些孩子有福了!"

问:您对乡村教育的未来有什么期待?

何:乡村教育存在一个很严重的问题,就是人的问题。

乡村学生越来越少,愿意留在乡村发展的年轻人不多,热爱教育又有乡村情怀的年轻人就更少了。比如我们学校就存在着一个很大的问题:教师的流动性特别大,每年都会有几十个老师考到城里去,新分配过来的老师待不了一两年,然后又考走了。我担心我所在的学校因为没有优秀教师而像其他乡村学校一样逐渐"萎缩"。比尔·盖茨说过:"如果你让微软公司二十个最优秀的人才离职,微软公司面临倒闭只差两个星期。"由此可见,乡村教育在留住优秀师资、优质学生方面面临非常大的挑战。

在将来,我们希望能够留住更多优秀老师,能够把基础设施搞得更好,让孩子们愿意留在乡村。

问:您希望未来的世界是什么样的?

何:希望未来的世界没有战争、没有污染,大家和平共处,开开心心。

希望越来越多的人加入耕读教育行列

——荷叶镇中心校中学部教务处主任、班主任袁永康采访实录

问：您来这里教书多少年了？

袁：这是第三年，毕业之后实习过一段时间，然后就来荷叶镇这边教书了。

问：城里家长跟乡村家长有什么不一样？

袁：城里的家长们更加重视教育，在农村这边处理问题的时候，家长可能既不理解学生也不理解学校，甚至有的家长会跟老师吵起来。虽然哪里都需要教育，但是乡村更需要教育。

问：通过这些现象，您怎么理解现在的乡村教育？

袁：我认为乡村教育是中国教育的重要组成部分。社会越发展，乡村教育越要加强。所以我们国家非常重视乡村教育，并提出了乡村振兴计划，而

乡村振兴计划的重中之重就是振兴教育。

这个计划实施后,乡村教学环境明显改善了,师资队伍越来越年轻化。不过,目前还面临一些问题,比如家长的素质还需要进一步加强。相信随着时间推移,乡村教育会越来越好。

问:您认为乡村教育存在哪些问题?

袁:第一个问题是乡村教师与城市教师的福利待遇存在差异。第二个问题是家长对孩子教育的重视问题。农村家长在外地打工,孩子跟家长沟通起来比较困难。如果有家长支持,家校共建,乡村教育就会越来越红火。因为孩子的很多问题,往往就是家庭教育缺乏所致。家长对孩子关心太少,导致很多问题产生。城里的家长时时刻刻跟着孩子身边,一有风吹草动,他们就来学校与老师沟通。可能需要经济的进一步发展,这个问题才会慢慢解决。

问:您的梦想是什么?

袁:我的梦想就是在有限的生命里,在教育这块沃土上尽自己所能,将孩子们培养成才。孩子们不仅要提高智商,还要提高情商。我觉得乡村孩子最缺乏的就是情商。要像我们校园文化墙上写的:先学做人,再做学生。

问:您是两个班的班主任吗?

袁:是的,两个各有特点的班级。

问:您带班有什么感受呢?

袁:这两个班的孩子是完全不一样的,对于爱学习的孩子,我对他们的要求相对比较严格,且非常注重引导他们养成科学的学习方法。对于不足很爱学习的孩子,我不仅要引导他们提高学习兴趣,更重要的是教授他们做人的道理,因为他们比较贪玩,爱做一些与学习无关的事情。所以对于这些孩子来说更重要的是让他们学会做人,培养良好的道德修养。因为他们本身知识储备不够,如果不加强这方面的教育,容易误入歧途,危害社会。

问:耕读教育志愿者团队来到这边,您对这件事情怎么看?

袁:耕读教育属于一种半耕半读的生活,偏重实践。

耕读教育首先在一个班级开展,这个班级开展之后,我们就发现这些孩子们懂得了一些环保理念,像收集塑料制品、用环保技术除臭等,我们看到这种现象觉得非常好,所以继续在我校推广。目前,我们学校《弟子规》读起来了,校服也穿起来了,艺术课程开展起来了,孩子们的修养也不断提高了。

前不久又开展了感恩活动、普法知识活动,整个校园里面洋溢着一种青春气息。这肯定是得益于我们的耕读教育团队,给我们的学校和学生带来了非常好的变化。

问:在你们教师团队中,对这件事情有什么样的看法?

袁:一开始大家抱着一种怀疑态度,觉得他们(支教团队)来这里搞这些活动是因为有利可图,或者只是拍一下视频,坚持不了多久,只是做个样子。

随着时间推移,我们发现这个团队真的很扎实,在荷叶镇对孩子们进行教育,不仅付出了时间,而且付出了大量精力、金钱,办了大型公益活动,去年的校服和今年的校服都得益于耕读教育团队的不懈努力。这给我们学校提供了良好平台,所以我们在看到他们的坚守与付出之后,慢慢地相信了,再到后面就越来越佩服了。

他们都是生活条件比较好的人,能够静下心来扎根在荷叶镇为乡村教育付出这么多,所以我越来越佩服他们。

问:大家都认识一段时间了,您想对这些支教志愿者说什么?

袁:第一个是感恩。感恩支教团队献身耕读教育,扎根荷叶镇,用耐心和韧性影响、改变了一批学生。

第二个是跟随前行。支教团队的德行修养感染了我,也启发了我。我要学习这种教育情怀,与你们一路同行。

其实我最近一直在读鲁迅的文章,鲁迅有这么一句话,他说我们自古以来有埋头苦干的人,有拼命硬干的人,有为民请命的人,有舍身求法的人。有你们的冲锋陷阵,有你们的良好示范,我相信会有越来越多的人投身乡村教育,这个世界会越来越美好!

问：乡村教育需要更多人的支持，请您向大家发一个倡议吧！

袁：我希望更多有情怀的人支持乡村教育，你将会收获很多东西和很多感动。因为这些乡村孩子身上有很多闪光点，只是因为各种各样的原因，让他们有了一些缺点。但是只要我们认真对待他们，就能够改变他们。我相信你得到的东西要远远高于你的付出。

我希望有越来越多的人加入耕读教育，加入乡村教育团队中来，让我们一起来改变、影响乡村的孩子。

问：请给这个世界一些祝福。

袁：祝世界越来越好。改革开放这么多年，中国各方面都在不断发展，我们这个学校也越来越好。你看以前都是泥巴路，条件很艰苦，现在甚至还穿上了校服，校园有了柏油路和塑胶跑道，这在以前是难以想象的。说明在中国共产党领导之下，中国越来越好！

青年老师，我们在乡村教书不丢人

——荷叶镇中心校中学部班主任谢佳成采访实录

问：谢老师，您在乡村做教育，今年是第几年？

谢：今年是第四年了。

问：您是怎么看待乡村教育的？

谢：现在的乡村教育，其实是少了实际的支持力度。虽然政策很多，但是办到实处、落到实处的还差一点。比如体育这一块重视程度真的不够，如果二十年前要去比赛，乡村孩子会很厉害，但现在相反，乡村孩子可能综合素质比城市孩子差一些。

我觉得应该大力提升乡村群众的认知，因为很多群众没有意识到教育的重要性，所以说乡村教育不仅仅是学校教育，它包含更多方面。城市的家长比较重视教育,乡村的家庭教育感觉不尽如人意。

我们一直在带这些留守儿童比较多的班级,这些孩子其实也是挺不容易的。

问:可以更具体地说他们哪里不容易吗?

谢:家庭条件差,这是第一点。父母在外务工,爷爷奶奶对孩子更多是溺爱,不是教会他们如何去辨别是非,因而造成了很多问题。

问:您想给家长、社会什么建议?

谢:我觉得乡村教育应该从两点入手,首先普及家长会,乡村教育应该多促进家校沟通。然后增加乡村教师的培训机会,乡村教师需要更加全面的培训,尤其是心理方面,因为长期面对这些留守儿童,很多老师会产生自我怀疑,尤其是年轻老师会认为:是不是我没有教好? 实际上可能并非如此,他们都有很强的业务能力,但是缺少有效的心理疏导。面对这么多问题学生,他们可能没有很好的应对方法。

问:您怎么看支教老师在学校的支教服务?

谢:我认为志愿者团队来乡村支教是一件非常好的事情,我们非常欢迎。他们不计名利,只想为中国乡村教育奉献才智,所以我们都非常认可支教行为。

问:支教老师有没有给你们带来一些帮助? 还有哪些需要再调整?

谢:支教老师来到之后,很多时候会充当一个陪伴者角色,并不是说需要他们去进行很多的文化教育,而是在空余时间里给予孩子关心、关爱,让他们觉得自己没被社会抛弃。不单单是学校的老师关心、重视他们,还有一些支教老师以社会人的身份关注他们,这对学生的心理是一个很好的滋养。

问:您们班发生了变化吗?

谢:总体是有变化的,虽然说还是有一些顽皮学生,但是总体来说在支教老师的熏陶之下,我们的学生综合素质有了提升。

问:在此过程中有没有一个特别打动您的地方?

谢:支教老师基本上不会占用老师的上课时间,也不会占用班级的管理时间,而是充分利用自习课时间对学生进行疏导。我觉得这是对学校老师一个很好的常规课补充,因为他们对自己有明确的定位。

这些支教老师都比较专业。他们并没有过多指点,而是在需要人去关注的时候适时出现,就能和班级管理者有一个非常好的沟通交流。很多时候、很多学校并不是科目教学上需要支教,更多的是需要对学生的陪伴与关爱。

孩子不单单需要老师的关爱,也需要社会各界的关爱。因为很多孩子走出去会觉得低人一等,觉得自己是一个乡下孩子。但是当有一些不熟悉的人能够给予孩子们关爱,我觉得非常重要。

问:乡村教育现状令人焦虑,对未来乡村教育您有什么期待或者建议?

谢:与其说是期待或者建议,不如说自己能够做什么。乡村教师需要心理方面的疏导和培训,让他们觉得自己在乡村教书不比城里的老师低一等。然后让这些老师们能够安心在乡村上好每一节课。也许很多年轻人想着往城里走,但是更多的时候,我觉得他们更应该有这样一种心态,就是在上这节课的时候,哪怕我今天下午就要离开这里,但是今天上午的课我也要用心去上。

问:事实上像您这么优秀的老师很难来到乡村,很多老师来了几年就走了,这对人才培养非常不利。在这方面您有什么建议?

谢:每个教师都要有在乡村教学的经历,你必须去乡村历练,才能够有足够的心智去面对不同的学生。所以乡村教师不应该妄自菲薄,他们应该觉得这是一种荣幸。

关于老师更换快的现象,这是时代的产物。正因为更换快,所以每年都应该举办教师心理培训,以强化执教者信念,让每一批新进的老师都觉得我在乡村教书不丢人,而是很荣幸、很自豪。

问:您想对支教老师说什么?

谢:我认为支教老师具有的奉献精神,对于这个社会来说是非常重要的。因为他们脚踏实地工作,而不是那种三天两头往乡镇跑一下的作秀。

我们学校的支教老师很扎实地在做这些事情。很感谢他们的到来,希望他们今后的事业做得越来越好,有更多的人加入支教行列,为乡村教育增砖添瓦。

问:世界面临很多挑战,请您给这个世界一些祝福。

谢:我希望每个人都能够安安稳稳地做好自己的事情,希望我们所做的能够让这个世界变得越来越好。

希望我的学生们都有出息

——荷叶镇中心校中学部班主任何晓霞采访实录

问：您的梦想是什么？

何：我希望我的孩子（学生）们能够在这里健康快乐地成长，并且学有所成，以后都有出息。

问：您怎么看待支教团队？

何：首先我对他们表示非常感谢，他们为学校默默付出，工作非常用心。其次是非常感动，他们在这里无私奉献，给学生上课，带他们做活动。他们做了很多却一无所求，真的让我很感动。支教老师来到这里为我们默默付出，关爱我们的学生，帮我们的老师完成一些难以完成的活动，我们向他们致以真诚的感谢！

问：支教活动开展以来，您觉得学生有哪些变化？

何：看到孩子们都往好的方面发展，所以很开心。

问：您如何看待乡村教育？

何：我觉得乡村教育有一定限制，也就是说存在一些困难。但是也有它的希望和乐趣。对很多乡村人来说，可能只有教育才能够改变他们，所以我们乡村教师有压力，但也是动力。

问：您的心愿是什么？

何：好好珍惜现在拥有的生活。

梦想的衣裳
——关于校服的故事

"耕读教育·点亮梦想"在荷叶镇中心校是从为孩子们筹校服开始的，让孩子们穿上校服是校长多年来的梦想。正是在实现这一梦想的基础上，耕读教育这个项目才得以开展。

　　本章内容包含筹校服、招募五二〇手拉手活动（校服交接）、五二〇活动实况、五二〇活动中发生的一些事情以及五二〇志愿者们的故事。

梦想的衣裳
乡村儿童的校服
——湖南省郴州市桂阳县荷叶中学——

梦想的衣裳

谭宜永

荷叶镇中心校成立已有五十多年时间，走过了一条不平坦的道路。荷叶镇是一个矿区，曾经因为产煤而成为桂阳县最富有的镇，近些年来因为煤矿关闭，成了较贫困的镇。

荷叶镇中心校中学部有学生一千四百多人，荷叶镇中心校中学部有学生一千三百多人，一至六年级有近一千二百人，留守儿童占总人数百分之八十左右。仅中学部就有贫困学生三百五十人，其中"五类特困生"（国家要求必须帮助人）一百零九人。

以前全镇经济条件较好，读书无用论一度盛行，导致这代人的家长基本上没好好学习。大多数人文化程度低。现在这代人多在外面打工，大都从事劳动强度大的工种。

因为采煤过度，荷叶镇一部分地区水源枯竭，不再适合耕种。而且大多数家长也没有一技之长，加之缺乏文化，有一部分则成了无业人员。

种种原因，让许多家庭经济状况堪忧，买校服成了一个难以解决的问题。

虽然条件艰苦，但是这里的孩子跟城里的孩子一样有对美好生活的向往，他们渴望知识与未来，他们更需要我们的关怀与照顾。

但是，即使是初三的孩子，九年来都一直没有穿过校服。他们偶尔去城里，看到年龄相仿的学生穿着统一的校服，三五成群幸福欢乐地走在一起时，就会特别羡慕，希望自己有朝一日也能穿上校服。校服，成了荷叶中学孩子们"梦想的衣裳"。

因为没有校服,孩子们穿的衣服参差不齐,这给一些孩子带来了烦恼。在我们的调研中,孩子们说:"同学们会在穿着上攀比,家里条件好的穿得好,会瞧不起人。家里条件不好的会自卑,或者会要求家里花钱买好点的衣服。"老师也说因为衣服问题,让本来就是留守儿童的学生产生更多的心理负担。

谈到校服问题,许多学生会带有一双期待与失落的眼神,特别是一些建档立卡的低保学生,他们言语里透露着无奈。

一个2021年就要毕业的九年级(初三)女生的回答让我记忆犹新:"我特别想有校服,因为那样我们每天进学校都能特别漂亮,会让别人知道我们是荷叶中学的学生。今年就要毕业了,我好希望能穿着校服参加毕业典礼,但好像不可能哦。"

我们在桂阳县好人协会会长的陪同下进行了一些家访,了解困难学生家庭的真实情况。有一位初二学生,他的妹妹上六年级,他们的父母都有些智障,

住的房子是村里给盖的，家里几乎没有什么家具，卧室有种很难闻的味道，除了一张床没有其他东西。衣服、被子都黑乎乎的，在炕上凌乱地堆放着。

我们问他兄妹俩想不想要校服，妹妹说很想要，因为她每次去县城，看到城里的学生有校服，特别想自己也有。但哥哥说不想要，问他为什么。哥哥说："因为会向家里要钱，家里会比较为难，所以还是不要了，不给父母添麻烦。"

另外一个孩子，她父亲在几年前就病逝了，孩子的母亲则在孩子刚出生就跟父亲分开了，可怜的孩子现在只能跟着奶奶生活。她上面还有一个哥哥和一个姐姐，哥哥还在上学，姐姐

十六岁，本来上高中，但因为家里负担不起每月的生活费，为了支持哥哥上学，所以辍学去了广东打工。但因为年龄小，工厂不敢要，据说还在找人托关系，希望能找到合适的工作。在交流过程中，奶奶一直在流眼泪。奶奶也是不幸的人，她自己丈夫早逝，老年又经历了白发人送黑发人的人间悲剧。

现在孙女又因为没钱继续上学，需要辍学去打工，心里过意不去，所以想起来就默默地流泪……

荷叶中学类似这样的贫困学生有几百个，所以向学生收取校服费用

93

是不合适的。

学校的老师其实一直都在想办法,但需要的资金太大,除了中学部的一千四百多名学生,小学部与村小还有将近一千七百名学生。党支部书记郭泽宇说,让学生穿上校服一直是他的梦想。

没有校服,也给学校管理增加了难度,时常有社会青年随着学生一起混进学校,与学生发生冲突(曾发生过七八个社会青年进入教室打学生的事件),造成一定的安全隐患。

党支部书记郭泽宇说,发起为孩子们筹校服这件事情非常好,学校也会发出倡议,倡议学生家长、老师一起捐款,大家一起努力。

在中国,像这样的乡村学校还有很多。所以,我们联合国内多家公益机构发起了"耕读教育·点亮梦想"公益计划,希望从各方面支持乡村学校发展。

为孩子们筹校服的项目"梦想的衣裳",是这个公益计划的一个重要组成部分。一套几十上百元的校服,对于我们来说,可能微不足道,但对于山区的孩子们来说,却是他们童年生活的尊严、快乐和满足。

让我们从"一件小事"做起,省下购买两杯奶茶、一份比萨、一张电影票的钱,让这里的孩子们告别没有校服的童年。穿上校服,让孩子们追逐人生梦想,自信、勇敢地走上更美好的人生道路!

联合发起机构:

北京明园大学生态文明研修院、耕读生活教育联盟、浙江爱心事业基金会、广东省岭南教育慈善基金会彩基金、零污染家乡建设公益团队、北京亲情纽带慈善基金会、湖南省桂阳县荷叶镇中心校。

　　备注：经过大家的努力，春季校服款在两个月之内就筹齐了。秋季校服款也在发起筹款后很快到位。目前，荷叶中心校中学部的一千三百多名学生可以每天都穿着校服上学啦！

五二〇手拉手活动志愿者招募

　　"五二〇"谐音是"我爱您",在 5 月 20 日当天或前后一周的时间(5月17 日至 23 日),大家一起"捡垃圾、行孝道",以酵引孝,以孝引善,绿化地球、暖化人心。零污染家乡建设从 2015 发起到现在已经开展七年。2021 年我们一起迎接"五二〇·我爱您"国际孝道日。

乡村是生态文明的希望
乡村教育就是希望之光
乡村的孩子
就是希望之光的根本
关心和支持乡村孩子的成长
需要和值得每个人努力

让我们从"一件小事"做起,省下两杯奶茶、省下一份比萨、省下一张电影票的钱,让这里的孩子们可以告别没有校服的童年,穿上校服,追逐人生梦想,自信、勇敢地走上更美好的人生道路!

联合发起机构: 北京明园大学生态文明研修院、耕读生活教育联盟、浙江爱心事业基金会、广东省岭南教育慈善基金会彩金、酵道孝道、北京亲情纽带慈善基金会、湖南桂阳荷叶中心校

请和我一起支持
[给乡村孩子筹校服]

　　零污染家乡建设公益团队联合国内多家公益机构发起了"耕读教育·点亮梦想"公益计划,希望从各方面支持乡村学校的发展。为孩子们筹校服的项目"梦想的衣裳",是这个公益计划中的一个重要组成部分。校服,是温暖和鼓励乡村孩子的一个重要媒介,让乡村的孩子们更自信、自强。一套几十上百元的校服,对于我们来说,可能微不足道,但对于山区的孩子们来说,却是他们童年生涯的尊严、快乐和满足。

　　在学校家长与社会各界共同的努力之下,孩子们的校服梦想成为现实。为了这群乡村儿童更好地成长,零污染家乡建设公益团队决定在 5 月 20 日国际孝道日举办校服捐赠仪式,同时开展家长、教师、志愿者共同参与

的手拉手公益活动。

　　为了使活动更好地开展，现面向全国招募爱自己、爱他人、爱地球的志愿者，不限年龄，不限职业，只需要携带一颗对孩子的真心、爱心与耐心。

　　因为本次需要服务的学生、家长、校方人数比较多，我们希望能够有更多的人加入我们团队，以保障活动顺利开展，希望大家踊跃报名，帮忙转发。

　　让我们一起服务荷叶中学的全体学生、老师和家长。希望用我们的力量引发社会各界人士对青少年给予关心、帮助、尊重。让更多留守儿童得到足够的爱与陪伴，让我们用爱唤醒孩子，点燃家庭的未来。

活动简介

　　手拉手公益活动是一种体验式教学方式,这一天的手拉手体验式活动中,会突出中华民族的孝道文化,以孝引善,让参与者能更多地了解什么是生命,去感知感受父母、老师的艰辛,触动孩子的心灵,激发孩子的潜能,从内心更加懂得孝亲尊师、爱国爱家。

　　让每一个参与者找到自己的梦想,坚定自己的梦想,成为一个内在有力量的人,使孩子在思考、情感、意志三个方面全面和谐发展。种下一颗爱的种子:以孝立身、以俭修德、以德立命! 助力中国梦,复兴大中华。

　　这所朴素的乡村校园见证了一个个孩子的成长。虽然条件艰苦,但是这里的孩子跟城里的孩子一样有对美好生活的向往,他们渴望知识和未来,他们更需要我们的关怀与照顾。

　　让我们敞开爱的怀抱,带去爱与希望,让爱在这里生根发芽,让每一个生命都成为爱的源头!

活动主讲人介绍

【高成凤】

《梦想的力量》

孝心手拉手公益项目发起人与主讲人

原零污染家乡建设总部成员

有超过十年的大型企业管理经验

2015 年加入零污染家乡建设公益团队，在全国开展了一系列公益巡回演讲活动

目前在全国有超过二十场大型演讲

五二〇义工篇：去往莲塘的爱心大巴

　　2021年5月20日"耕读教育·点亮梦想——给乡村筹校服"大型公益活动倒计时开始了。越来越多的朋友关注到这个活动，用各种方式支持、帮助我们。重庆团队组团前来支持，让大家特别感动。

　　5月18日凌晨六点，重庆零污染家乡建设团队去往莲塘的爱心大巴准点出发。

重庆团队伙伴丁节、麦子为大家送行

路上洒满了大家的欢声笑语

中途大巴还会停下来,我们下车锻炼一下身体。中午时候,我们相互分享美食

　　"唱歌姐姐"王宗瓊已经六十多岁了，她原计划在 5 月 20 日指挥大型艺术活动，为了参与这边的活动，她硬是挤出了时间，但她要在活动结束后，日夜兼程赶回去参与艺术活动。

　　这辆前往莲塘的大巴上，满载着义工的爱心与欢乐。相信他们的欢乐能够感染荷叶中学的孩子，点亮孩子们的心灵。

五二〇少年篇：大家一起玩

　　临近五二〇，筹备小组的志愿者们来荷叶中学运送物资。来到荷叶中学后，志愿者们原本打算自己在会议厅慢慢整理物资，可还是挡不住窗外一双双好奇的小眼睛，他们就是荷叶的少年。得知志愿者在为五二〇活动整理物资，几个路过的荷叶少年主动加入，和志愿者一起组装，整理纸箱，检查彩虹伞。他们和志愿者有说有笑地聊天、干活，收获了很多快乐。

荷叶中学初二学生
在组装呼啦圈

越来越多的荷叶少年
加入了我们的队伍

何主任的女儿希希在组装呼啦圈

女孩子们都很细致，包装盒排列整齐

在老师和同学们的帮助下，很快就完成了组装

大家一起玩起来

天公作美：一场别开生面的家长会

2021年5月20日，我们来到湖南省郴州市桂阳县荷叶镇中心校，举办"耕读教育·点亮梦想——孝心手拉手"大型公益活动。因正值雨季，活动当天大雨下了一整天，计划开展的精彩活动延迟到了5月21日上午。

但意想不到的是，因为这场大雨，家长和老师的心更近了。天公作美，家长、老师、校长、零污染家乡建设公益团队的志愿者会聚在一起，开了一场别开生面的联谊会。

项志如老师与家长们探讨家庭教育存在的问题及解决办法

来到荷叶中学的项志如老师

项志如老师来自内蒙古赤峰市职业技术学院，是一位有着三十年教学经验的副教授。她和家长探讨了教育的三个主体：家庭、学校和社会。家庭是孩子成长的根基，学校是孩子成长的园艺师，社会是孩子成长的助力。孩子是家长和老师教育的杰作，孩子的问题就是教育的问题，就是家长和老师的问题，只有家长成长了，孩子才能够成长，只要家长成长了，孩子必然成长。家长和老师应该成为孩子心灵的陪伴者和引领者。

零污染家乡建设公益团队志愿者与大家分享环保理念

家长们非常认可"耕读教育·点亮梦想"提出的教育理念,现场气氛热烈,形成良好的互动氛围,收到非常好的效果。

　　零污染家乡建设公益团队秉承"绿化地球、暖化人心"理念,公益推广垃圾分类、零污染村庄和乡村振兴,从清理地球垃圾到净化人心,从环境健康到人的身心健康。让此次活动又进一步获得了家长的认可。

　　今天是,志愿者们为参会的各位家长讲解了垃圾分类的意义,使家长们重新认识了垃圾分类并参与到"拯救地球"的活动中来,为地球母亲的健康和美丽付出自己的努力!

　　零污染家乡建设公益团队的志愿者们在"唱歌姐姐"王宗瑷的带领下,为所有的家长送上歌曲《让世界因我而美丽》,动人的歌声唤醒了家长内心的爱与力量。

　　每一位上台分享的老师都指出了问题的症结,给出了解决问题的方法。家长们如饥似渴地学习,获取宝贵的精神食粮!

家长们在用心聆听

　　整个活动持续两个半小时，中间没有休息，家长反应热烈但秩序井然，整个过程没有玩手机、交头接耳现象。家长人数从最初几十人到结束时增加到接近二百人，体现了家长的高素质，反映了家长对活动的高度认可。

　　被荷叶中学的孩子们称作"谭学长"的是谭宜永，他是荷叶中学1997届毕业生、导演、"零污染家乡建设"发起人、"耕读教育·点亮梦想"发起人、莲塘零污染村庄创办者。

　　"谭学长"向家长们介绍了"耕读教育·点亮梦想——孝心手拉手"活动的意义和目的，汇报了助力荷叶中学素质教育、劳动教育、道德教育的规划、设想及实施情况。"谭学长"的规划和设想得到了家长的高度认同和欢迎。"谭学长"在谈及家庭教育的时候提到"家长是原件，孩子是复印件"，家长对此反响热烈，对现今的家庭教育有了更深层的思考。

　　出生于1987年的党支部书记郭泽宇热爱教育，立志献身教育，他最大的梦想是"当一名人民的教育家"，并锲而不舍地努力着实现梦想。今天，他向家长们汇报了学校的办学理念和学校素质教育的目标。

　　当明白教育意义、教育责任、教育方法的家长们听到要成立家长委员会的时候，纷纷表示要配合学校尽到自己的责任。有了家长的积极参与，我们的教育才能成为真正的教育。

五名家长组成的家委会班委,右三是党支部书记郭泽宇

左边谭宜永,右边郭泽宇

家委会由家长组成,和学校一起承担孩子的教育责任,同时拥有参与学校教育决策的权利,并对学校工作进行监督。

一个是心心念念为学生成长而努力的年轻有为的校长,另一个是带着大爱振兴乡村教育的老校友,两个勇于承担的年轻人带领师生和爱心人士谱写教育的新篇章!

孩子是家庭的希望、国家的未来,有了无私奉献的老师和教育专家,有了正确的教育方法,改变的是家长,成长的是孩子,受益的是社会。

110

五二〇有感：所有的发生
都是带着礼物和惊喜来的

作者：肖练

年龄：四十五岁

城市：重庆

职业：健康管理师

曾经参加和服务：

☆2020年贵阳养生班、生命艺术灵修班

☆2021年皂师班、讲师班、国际排毒营服务学长

人生格言：终身成长，提升振动频率。

5月18日早晨五点半，天还没亮，渝通宾馆门口，义工团的伙伴们已整装待发。

爱心大巴六点准时出发，前往一千多公里外的湖南省桂阳县莲塘村。

坐累了，我们利用下车唱歌的机会活动，王姐姐带领大家练练功夫，看这马步蹲得真到位。

来自贵阳、万州、云阳、重庆的各位学长分享了自己从事环保事业的故事。

长寿柠檬基地的陈总第一次参加团队活动,他分享此行的目的:了解生态农耕。

娱乐环节到了,"唱歌姐姐"领唱一首《世界因你而美丽》,爱心大巴里顿时飘荡着幸福的歌声与笑声。

晚上十点四十五分，我们终于来到了梦想家园——莲塘村。家人们准备的宵夜真的好丰盛，九十岁老奶奶亲手烙了野菜饼，让我们尝到了家乡的味道。

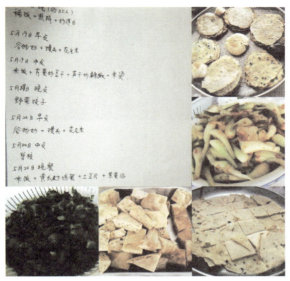

5月19日清晨，大家还在熟睡时，厨房已经忙得热火朝天。大小薇薇学长承担本次活动的后勤保障工作，这张菜单浓缩了她们满满的爱。

莲塘的清晨真美呀！忍不住想把所有的景色都收入眼底，前几天绵绵细雨，地上长出了好多地木耳。见过比手掌还长的蜈蚣吗？反正我是第一次见到。在零污染村庄，所有的生命都可以"任性"生长。

莲塘的风车和碧蓝的天空是最美丽的存在，怎么也看不够。欣赏完美景该进入主题了，谭导为大

家进行宣导培训,让伙伴们更清楚明了本次活动的缘起和意义。

下午,我们来到了荷叶镇中心学校,大家来看看明天的活动场地,一群特殊的学生开始到位上课啦!云南的高学长作为本次活动的总筹划,向大家一一分工。

当大家看到明天有一千九百八十人参与活动时,禁不住都屏住了呼吸。要知道这次活动义工只有三十人,大家能胜任吗?

窗外瓢泼大雨下个不停,大家的心里都在默默祈祷,愿所有事情的发生都是礼物。

5月20日五点半,爱心大巴准时出发赶往荷叶镇中心学校,昨天的筹备工作因大雨暂停,今天一定要在八点半前全部到位。七点半,舞台、音乐、场地万事俱备,就等着老天爷开恩了。

老天爷一定是来考验我们的吧!雨一直下,孩子们回教室上课了,而我们呢?享受当下,心中有太阳,处处是阳光。

一切都是最好的安排,不是吗?荷叶中心校中学部一千三百多名学生,参加今天活动的七十位家长被大雨请进了"项老师家长课堂",美好的事情正在悄悄发生。

　　党支部书记郭泽宇三十岁出头，已经在荷叶中心校任职九年了。是怎样的情怀让这样一位年轻人愿意扎根乡村呢？听了他慷慨激昂的宣导后，似乎找到了答案。让孩子们穿上统一的校服一直都是他的夙愿，因为有他的坚持，广大爱心人士的心愿才得以实现。

　　郭泽宇号召所有的孩子以谭导为榜样，为振兴家乡而读书，为中华之崛起而读书，动员所有的家长和孩子一起成长，助力孩子实现梦想！此刻家长会掀起了高潮，谭导顺势提出了成立"家委会"的建议，四位妈妈和一位爸爸勇敢地站上了舞台。

　　再来看看我们这位美丽的妈妈，主动承担了家委会负责人的重担，无疑今天的活动点亮了她的梦想，她代表所有家长承诺做好家校共育，与学校携手同行，助力孩子们实现梦想。

　　精彩还未结束，当活动结束后，两位家长主动加入公益团队，一位是热爱传统文化的爸爸，另一位是心怀大爱的爷爷。荷叶镇的义工团队将爱继续！

五二〇有感:把爱传播出去

1.冯素梅

参加这次活动使我深深地体会到:留守儿童们是多么需要爱的陪伴!我们这群不辞辛苦的爱心人士在大巴上欢歌笑语,一点也不觉得累就到了莲塘村。由于下雨,谭宜永组织我们学习人体健康。第二天走进荷叶中学时看见孩子们是那样的陌生,不愿与我们交流,活动结束后,我去卫生间时看到一群又一群的孩子向我挥手致敬,我感动得流泪了,我说我们的付出值了!看到孩子们的变化,就是我们想要的结果。希望谭导多开展"耕读教育·点亮梦想"活动,助力孩子们成长,让我们的子孙后代都成为有用的人。

2.冯守涛

我是零污染家乡建设万州团队的冯守涛,受王老师托付,去了莲塘村。在这里我学到了很多东西,找到了幸福感。

2021年19日早上,谭导分享了《减糖的生活》,糖让人们产生愉悦的感觉,但是不健康。想要吃出健康,就要从甜美的水果蔬菜和五谷杂粮中去获取。

下午我们去了荷叶中学。雨很大,义工家人们很高兴,想要把谭导准备的"耕读教育·点亮梦想——孝心手拉手公益活动"做得完美无缺,大家都很认真。

21日,我们的活动正式开始,家人们在直播里看见了,全校老师和同学还有义工总共有两千人,同学们高兴得跳起来。经过两个小时的接触,孩子们跟我们逐渐熟悉起来,系蓝丝带的时候我掉泪了,所有的付出都是值得的。通过这次学习,让我明白了好多,要把这份爱传播出去。零污染家乡建设公益团队的家人们一起加油!加油!

3.万政莲

我是零污染家乡建设重庆中心的志愿者万政莲,5月18日随团队前往莲塘参加五二0大型公益活动,这次活动的主题是为荷叶中学的孩子们筹款购买校服。

5月19日去学校布置场地的时候下起了大雨,阻碍了活动场地布置的进度,但想到明天孩子们就可以穿上期望已久的校服,我们每个人都非常开心快乐。

20日清晨五点多,我们又赶往学校,完成昨天因下雨没布置完成的活动现场布置工作。天蒙蒙亮,雨又开始下……学生进校,家长也陆续到了,雨没有停的意思。孩子们不断地询问活动什么时候开始、陆续到来的家长们怎么安排……

因为下雨,活动无法进行,家长、老师、志愿者召开了一场别开生面的会议。家长们在交流过程中明白了教育的意义,还成立了家委会,永远相信一切的美好正在发生……

21日早上,活动正式开始。全校师生、家长,志愿者近两千人聚集操场。每位志愿者带领一个班级完成活动,两个多小时的陪伴,和孩子们进行了短暂的交流。好多孩子都是留守儿童,爸爸妈妈外出打工,家里只有爷爷奶奶,有的甚至爷爷奶奶都不在,只有孩子一个人在家。当一个小朋友和我说他想死的时候,我的内心无法平静,眼泪止不住流下来。一个人都不知道怎么爱自己,还怎么爱他人、爱社会?

"耕读教育·点亮梦想"用温暖与爱点亮了乡村孩子的梦想。

实现梦想

党支部书记郭泽宇说，让孩子们穿上自己的校服，是他在荷叶中学任职以来的梦想。

2021年5月20日，在耕读教育团队的努力下，通过公益筹款的方式，发动社会各界的力量（特别是家长们非常支持，纷纷捐款），买来了全校的夏季校服。让孩子们穿上了校服，也实现了党支部书记郭泽宇多年来的夙愿。

2021年11月26日，在耕读教育团队的协助下，通过社会爱心人士、广大家长朋友的努力，以及桂阳县教育基金会的支持与资助，在全体师生的各共同努力下，筹到了两千八百多套爱心校服款，为中学部解决了冬季校服。荷叶中学与耕读教育团队一起为孩子们举行了一个校服交接仪式。

在交接仪式上，耕读教育项目负责人张淑青作了题为《梦想的衣裳》的精彩演讲，感动了在场所有人，也给支教老师们注入满满的能量，更是点亮了这所乡村学校的未来。

以下是耕读教育项目负责人张淑青的演讲。

我们能够穿上校服，要感谢校长。因为我们的校长有梦想，他希望他的孩子们能够穿上校服，所以我们最感谢的是校长。当然，今天我们能够穿上校服，也有学校其他老师的一份功劳，同时，还要感谢社会各界的大力支持。

我们每一个人有了梦想之后，就要大胆地说出来。因为你把梦想说出来，让人家知道，人家才知道如何帮助你实现这个梦想。

当然，我们也要谢谢所有支教的伙伴们，他们因为有梦想、有信仰，所以才会来到这里。我们的项老师虽然手被割伤了，但她还是坚持来到学校陪伴大家。她为什么要来陪伴大家？因为她希望所有的孩子都成为国家和社会的栋梁之才，能够在社会上找到立足之地，实现自己的价值。

谭导说："你把你自己的孩子培养好了，但社会上还有更多的孩子需要陪伴，需要更多的人去陪伴、关爱他们。"为了他这句话，我来到这里。我希

望我们一起成长,因为我有我的梦想,我的梦想就是让天下所有的孩子成为"内在有力量、外在有能力"的人。

对我们来说,什么才是最重要的呢? 梦想! 你有梦想,才有目标;有目标,才有动力。

请记住今天的你,想一想我们的梦想,为我们的国家,为我们的未来一起努力!

家长们的农耕倡议

刘佳玮

　　我们团队在莲塘村为荷叶中学的师生们提供了一块稻田，供师生和家长体验农耕生活。为了荷叶中学的孩子，为了天下更多的孩子，荷叶中学家委会特发出《农耕活动倡议书》，呼吁更多的家长、孩子参与进来。

项老师和孩子们在大自然中学习

农 耕 活 动 倡 议 书

　　中国是农业大国，耕读教育是中国几千年生生不息、兴旺发达的法宝。现代中国的复兴、中国梦的实现、乡村振兴的落实，都必须重新捡起"耕读教育"这个法宝。只有在耕读教育中孩子们才能够感悟自然的伟大、父母的艰辛、老祖宗智慧的博大精深，才能够树立远大理想和目标！

荷叶中学与零污染家乡建设公益团队联合发起了"耕读教育·点亮梦想"活动,这个活动把老祖宗的智慧、耕读教育的神奇展现在我们面前,让我们对教育、对孩子的成长和未来有了重新的思考和定位。

"十年树木,百年树人。"教育是百年大计,需要我们静下心来来踏踏实实地做。

为了荷叶中学的所有孩子,为了天下更多的孩子,荷叶中学家委会特发出《农耕活动倡议书》,呼吁更多的家长共同参与。因为只有家长胸怀大志和默默付出,才有孩子生活环境的改变,才有孩子志存高远的心灵,才有孩子的优雅淡定。

一、活动宗旨:付出、感悟、感恩、成长

二、活动目标:感悟自然、感悟农业、感悟农民、感悟劳动

在劳作中培养学生的感恩之心、孝心、吃苦耐劳精神、团队协作精神、与自然和谐相处的能力,树立远大理想和抱负,学会担当、自律与自立,学会观察、思考、理解与沟通。

三、活动时间:2021 年 5 月开始

四、活动人员:

1.倡导者:荷叶中学、零污染家乡建设公益团队、中央党校、中国农业大学、北京师范大学

2.组织者:荷叶中学家委会

3.主体:荷叶中学师生

五、活动安排:

1.插秧活动

水稻是当地主要粮食作物,大米是我们的主要食材,但现在很多人不知道水稻是怎么种的、大米是怎么来的,更不能理解农民劳作的艰辛。

零污染家乡建设公益团队在莲塘村为荷叶中学师生提供一块水稻田,供师生和家长学习、体验农耕。

(1)活动时间:5 月 25 日至 5 月 28 日。

（2）活动内容：

A.志愿者讲解育种、土壤改良、微生物有机肥制作及施用、水稻病虫害防治等。

B.师生、家长体验拔秧、插秧、施用等。

（3）活动形式：家长带学生到莲塘体验插秧和用大锅做饭。

（4）活动组织：由家委会专门负责。

2.打造生态示范园

自然界多姿多彩，各物种和谐共处，《道德经》就是从自然界获得的大智慧。零污染家乡建设公益团队为荷叶中学师生免费提供一块土地，由专门的志愿者负责技术指导，由荷叶中学的师生和家长共同参与，以促进人与自然的和谐、人与人的和谐、人与自心的和谐。

（1）活动时间：5 月 25 日开始。

（2）活动内容：

A.志愿者讲解生态农业系统的建立、生态农业知识、生态农庄的打造、土壤改良、微生物有机肥制作及施用、作物种植技术、作物田间管理、病虫害防治等。

B.师生、家长体验设计、整理、翻地、拔草、播种、田间管理、施肥、采摘等，参与、完成大锅饭的制作。

（3）活动形式：周五下午、周六、周日、法定假日和寒暑假，由家长带学生到莲塘体验农耕，打造荷叶中学生态示范园。

（4）活动组织：由家委会专门负责。

六、注意事项：

1. 教育是家长一辈子

的责任,老师是第二责任人,我们的参与是对孩子最好的教育。

2.教育事业伟大而漫长。家长的责任是勇于发现问题、敢于承担问题、用心解决问题。

3.安全问题是大事。活动中老师、家长不但要自己注意安全,还要教会学生注意安全,确保所有人平安。

荷叶中学家委会

2021 年 5 月

乡村美育·童绘盒子美学课捐赠仪式

刘佳玮

近年来,国家大力提倡加强学校的美育工作。依此背景,扎根时代生活,弘扬中华美育精神尤为重要。

因乡村学校美育工作者较为缺乏,所以广东省岭南教育慈善基金会彩基金发起了"童绘盒子"乡村美育项目。旨在推动乡村美育工作,让乡村孩子有机会呈现绘画才能,并通过美育达到自我疗愈。

我们为乡村小学学生提供一个"童绘盒子",提供基本画具。同时邀请城市的美育工作者下乡,重构乡村美育体系,为乡村美育引入更多元素。零污染家乡建设项目组与广东省岭南教育慈善基金会彩基金合作,向湖南省郴州市桂阳县的两所学校捐赠了绘画工具。

荷叶中心校站

2021年6月2日,在湖南省郴州市桂阳县荷叶镇中心校举办了"乡村美育·童绘盒子美学课捐赠仪式"。

荷叶中心校工会主席谭家友、小学部大队辅导员曹美珍老师以及荷叶中学小学部的美术老师出席了此次会议。零污染家乡建设项目组的志愿者们带着广东省岭南教育慈善基金会彩基金捐赠的绘画套装、文具和水杯来到了学校。

荷叶中心校工会主席谭家友发言

谭家友主席表达了对乡村美育工作的支持,零污染家乡建设项目组的吕明老师希望孩子们能够在美育课堂中学会发现美、创造美、成就美的能力。

和孩子们一起合影留念

127

谭溪小学站

2021年6月7日,零污染家乡建设项目组的志愿者又来到了荷叶镇谭溪村小学。志愿者们来到学校后,自己绘制了黑板报。谭溪村小学的孩子们看着志愿者老师们画画写字很兴奋,一起猜老师写的是什么字,孩子们对画具都充满期待。

谭溪村小学的谭家根校长

谭溪村小学校长谭家根对广东省岭南教育慈善基金会彩基金和零污染家乡建设项目组表示了感谢。零污染家乡建设项目组的吕明老师为孩子们讲解了童绘盒子包括哪些工具,让孩子们尽快熟悉这些工具。

"童绘盒子"构成

吕明老师向孩子们赠送画具

看着孩子们纯真灿烂的笑脸,有志愿者表示希望能给孩子们每周上两次美术课。我们希望更多乡村儿童能学习美术课程,有机会呈现绘画才能,通过美育让孩子们能够发现美、创造美、成就美。

孩子们收到画具后都很开心

生态新少年夏令营

"生态新少年"夏令营欢迎词

期盼已久的"生态新少年"夏令营即将拉开序幕,首先祝贺在场的每一位同学成为本次夏令营中的一员,这也意味着你们即将开始暑假学习之旅。

夏日炎炎,就犹如我们的如火热情。大家都有一颗按捺不住的心,有着一颗期待的心!夏令营是我们展示才华的大舞台,一起分享成功的快乐与学习的快乐,大家一起面对学习中的坎坷,互相帮助,互相学习,共同成长。在老师的引领与关爱下,拧成一股绳,让梦想飞得更远。在一个月的学习与交流中,学会对自己负责、对大家负责、对家长负责、对社会负责、对国家负责!做一个文明守纪的好学生,做一个孝顺父母的好孩子。在老师与同学的帮助下,认真学习知识,提高学习效率。

我们要在这一个月的时间里,养成良好的生活习惯,掌握更好的学习方法,让自己成为讲文明、懂礼貌、爱同学的好学生。夏令营带给我们的不仅是快乐、有趣的活动,还让我们开阔视野、增长知识、陶冶情操、提升素质与能力,相信同学们一定会在这个难得的机会中不断地吸收知识,磨炼才艺,共同度过有意义的时光。

为保证夏令营活动圆满成功,在此我提出全体成员应遵从的纪律:

1.此次夏令营为公益性质,请同学们心怀感恩,珍惜所有的用具、用品;

2.孝亲尊师,认真负责,服从老师安排;

3.学习、活动、生活时,做到同学之间互相帮助;

4.户外活动时,把安全放在第一位,服从管理,不乱跑、乱跳,否则出现意外后果自负;

5.注意自己的言行举止,学习文明礼仪的规范,见到别人打招呼,经过允许才能进入办公场所,进入其他人居所要敲门;

6.认真学习,做好每一项活动;

7.认真学习老师传授的知识,不盲目自信,不要不懂装懂。

夏令营不仅能磨炼我们的意志,锻炼强健的体魄,塑造良好的品格,还能增强我们的团队意识与拼搏精神。所以我们一定要珍惜这次机会,团结互助,严格守纪,以饱满的心态迎接挑战,不辜负家长和老师对你们的期望。

亲爱的同学们,让我们感谢一路随行的老师们,让我们一起祝愿夏令营活动圆满成功!

项志如

2021 年 7 月 16 日

"生态新少年"夏令营作息时间表

1.起床:早五点。

2.爬山:五点十分;读书:五点四十分;八段锦:六点十分;返程拾柴:六点半。

若逢雨天,八段锦改为五点十分,读书分享改为五点四十分。

3.早餐:七点半。

4.农耕(或净村):八点至九点半。

5.学习、作业时间:九点五十分至十点五十分。

6.练字或绘画时间:十一点十分至十二点。

7.午餐:十二点。

8.午休:十二点至下午两点。

9.下午两点至六点:励志教育、手工皂、堆肥、宣传、PPT 制作、入户服务、瑜伽、组织能力及团队精神、写作、手工、垃圾分类、艺术等。

10.晚餐:下午六点。

11.晚课:晚上七点至九点半(人文、环保、读书、日记、静心等)。

12.就寝:晚上九点半。

师资:

班主任:项志如老师   副班主任:邓晓业老师

班主任助理:杨永珍老师

任课老师:

励志教育:刘序强老师   垃圾分类:吴建龙老师

手工皂:商海燕老师   堆肥制作:吕明老师

经典诵读:项志如老师　　　　演讲、瑜伽:邓晓业老师

厨艺:钟运芳老师　　　　　　生命艺术:张淑青老师

农耕:谭家根校长　　　　　　作业辅导:宋一雯老师、刘佳玮老师

写作:邓梓涵老师　　　　　　村民合作:吕明老师

组织能力及团队建设:谢雪雁老师

"生态新少年"夏令营免责声明

监护人＿＿＿＿＿＿＿＿，身份证号码＿＿＿＿＿＿＿＿＿＿＿＿＿，
本人＿＿＿＿＿＿＿＿，身份证号码＿＿＿＿＿＿＿＿＿＿＿＿＿，自愿
参加(从 2021 年 7 月 18 日下午 3 点开始至 8 月 17 日 12 点结束)在莲塘零
污染村举办的"生态新少年"夏令营。

本人了解和认同"生态新少年"夏令营是为寻求梦想的学员分享一些
科学的学习方法、健康的生活方式,学习如何孝敬父母、与人相处、高效学
习、健康生活的方式方法。

本人也完全了解和理解组委会举办"生态新少年"夏令营的各项注意
事项与要求,本人同意作出以下承诺:

1.本人了解自己的身体状况,所提交报名信息完全真实有效,未隐瞒任
何年龄等报名信息,未隐瞒任何身体病情,生活可以自理,身体状态适合参
加本次"生态新少年"夏令营的要求,能够全程完成本次学习。如隐瞒病情、
年龄等信息造成任何情况,本人承担全部责任。

2.本人完全自愿参加学习,非被迫参加学习;完全了解课程中的注意事
项,按时报到,不迟到,不早退,不旷课;全身心投入学习,全程听从组委会
课程安排。

3.课程期间如有任何身体不适及时向组长汇报,并由健康组进行健康
护理,如有需要及时到医院就诊,由此产生的费用自己承担。

4.以上几点如有违反,课程组委会有权劝退学习;严重违反,组委会有
权取消学习资格。

5.如本人(学员)在参加"生态新少年"夏令营之前、期间及之后发生任何事情,如意外受伤,病情加重,突发某种疾病,财物损毁或遗失以及自身牵涉的民事、刑事、诉讼等,都与活动主办方及活动工作人员、义务服务人员等无关,上述各类人员概不需为本人及监护人承担任何责任。

6.未满十八周岁的参加者,监护人认真阅读并认同本声明。

7.不签署此免责声明者,不属于此活动成员,组织者不负任何责任。

本人及监护人已认真阅读且全面理解并完全同意以上声明书内容,对主办方的免责事项完全知悉并完全同意。

学员签名: 监护人签名:

（本人签名并按手印）   （本人签名并按手印）

　　年　　月　　日   　　年　　月　　日

"生态新少年"夏令营开营了

梓　涵

　　应桂阳县荷叶镇中心校家委会的要求,莲塘零污染家乡建设项目组专门为荷叶中学学生开设"生态新少年"夏令营,时间为三十天,内容包括孝道、农耕、垃圾分类、零污染村庄建设、家务体验、健康生活习惯、经典诵读、健康饮食习惯、良好学习习惯、高效学习方法、传统中医养生方法等,通过学习打造知礼、孝顺、明理、热爱学习的生态新少年。2021年7月18日,在莲塘零污染乡村综合楼举行了"耕读教育·点亮梦想"开营仪式,谭溪村领导、参与活动的生态新少年和他们的家长共同出席了这次活动。

　　仪式开始,首先全体肃立唱国歌。

　　本次活动引起了村干部的高度重视,谭溪村党支部书记谭家亮也到场参加。

　　谭家亮书记强调了安全和生活的注意事项后,鼓励少年们,珍惜这次机会,不怕困难,主动承担,做一个有信心、有能力、有抱负、有恒心的少年。

谭家亮书记表示，自己只要有时间，就会来莲塘看望参加夏令营的少年们。

"生态新少年"项目发起人谭宜永老师为了帮助更多少年健康成长，前前后后付出了很多心血，从今年4月开始，就一直为荷叶镇中心校与零污染家乡建设项目组联合开展的"耕读教育·点亮梦想"公益项目筹集资金、物资。

他不仅从全国各地邀请到很多优秀老师来给孩子们讲课，还为孩子们提供住宿、饮食、健康等方面的保障。他希望每个孩子都拥有一个更好的未来；而孩子的未来，就是我们所有人的未来。

"耕读教育·点亮梦想"的支教老师们来自五湖四海，他们会聚到莲塘，无私无悔地践行耕读教育理念，就是为了点亮更多孩子的梦想。

"耕读教育·点亮梦想"的支教老师有：负责掌握孩子们学习成长情况的班主任助理杨永珍，负责手工皂教学的商海燕老师，负责堆肥教学的吕明老师，负责艺术教学的张淑青老师，负责后勤与厨艺教学的莲塘新村民

钟运芳老师,负责孩子们英语课程辅导的留学回国的宋一雯老师,负责作文与书法练习的小作家、马上要上大学的梓涵姐姐,负责孩子们作业辅导的原IT青年刘佳玮老师……

越来越多的志愿者正在路上,愿意来到莲塘陪伴"生态新少年"们成长。

"生态新少年"这个暑假也有很多的期待,他们推选了一名代表周永杰上台发言,表达了对夏令营生活的向往和对自身的要求:"夏令营不仅能磨炼我们的意志,强健我们的体魄,塑造我们的品格,还能增强我们的团队意识与拼搏精神,我们一定要好好珍惜这次机会,团结互助,严格守纪,以良好的心态迎接挑战,不辜负家长和老师对我们的期望!"

　　家长代表郭维涛的妈妈表示了对志愿者老师的感激,表示愿意陪伴自己的孩子共同成长。

　　伴随着动人的音乐,吴建隆老师带领孩子们完成了一个十分重要的仪式——给家长、老师敬茶。孩子们单膝跪地,给家长、老师敬茶,那一刻家长和老师们都非常感动。

　　仪式结束后,谭宜永老师与少年们进行交流,并划分了小组。有三位少年主动申请担任队长、副队长和学习委员,他们满怀信心,相信一定能协助老师带好这个团队。

健康的土地生长着新希望

刘佳玮

很多少年都没有干农活的经验，但是作为一名"生态新少年"，他们需要经受更多历练，农耕课程是每天都不能少的项目。

莲塘零污染家乡建设项目负责人吕明老师每天上午八点开始，带领少年们进行堆肥、种菜、锄草、清理。每天的劳动都不一样，而少年们每天都像八九点钟的太阳一样充满活力。

明晃晃的烈日从头顶上直照下来，滚烫的热浪从地下冒上来。孩子们戴着帽子、手套，拿着镰刀，蹲在地里为菜地除草。

　　孩子们多数都没有干农活的经验，一不小心就拔掉了菜。他们一边不好意思地对菜说着"对不起"，一边更认真地拔草。

　　我们世世代代生活在这片土地上，土地就是我们的根。可如今有多少年轻人还愿意了解土地？如果没有人关心土地，我们的文明将如何传承？"生态新少年"像一群冉冉升起的新星，他们脚踏土地，心向光明，在这个夏季，从莲塘迈向世界。

"生态新少年"的艺术课堂

梓 涵

"简单蓝"艺术绘画课使用蓝色帮助稳定人们的情绪,以画曼陀罗的方式进行创作。蓝色是一种舒缓、平和、充满无尽包容的色彩,本身就有治愈作用。如果每天能在同一时间段画至少一张画,将会获益良多,参与者会感觉到每天有一个任务与目标,让自己变得更加专注,尤其是能帮助有创伤经历的人稳定情绪。作者尽可能尝试新的表达方式,让作品创作与之前不同。

"生态新少年"们每天下午两点,会准时上"简单蓝"艺术绘画课,从开营开始每天坚持,结营仪式上将会展出他们所有的绘画作品。这门将要坚持二十八天的艺术课程,会带给少年们怎样的改变呢?

简单的纸张、蓝色的墨水,最简单的材料上演无限的可能。

淑青老师的生命艺术课,让"生态新少年"们领略了生命的各种可能。

人有七情六欲,而"简单蓝"就是控制情绪的一种好方法。

　　生活中会遇到很多事情,人们也会产生各种各样的情绪,有正面的,也有负面的。当你心灵受创时,不被愤怒之情掩没,而是从一个具有同理心的内在原点作出反应,可能会让你从负面情绪中跳出来。负面情绪累积过多,就会中断你内心的平静与祥和,破坏人际关系,最终让你与快乐绝缘。

　　淑青老师向孩子介绍了绘画方法,孩子们开始了"简单蓝"艺术绘画。在绘画过程中,孩子们画出各种各样的图案,用来表达自己的情绪、想法。随着水平的提高,他们的绘画也越来越大胆,能够勇敢下笔,描绘自己的内心世界。

少年们开心地分享自己的作品,为大家讲述作品背后的故事。

"简单蓝"能让人内心得到安定。淑青老师说:"我希望孩子们能坚持下去。"我们都希望孩子们坚持下去,在这片纯净的蓝色中,感受到更多的宁静与美好。

与"生态新少年"的十年之约

　　梦想是要有的,万一实现了呢? 有梦想的少年,才是有未来的少年。我们一起来听一听少年们的梦想,与"生态新少年"立下十年之约。这群有梦想的乡村孩子,十年后会是什么样呢? 我们心怀祝福,拭目以待!

　　2021 年 7 月 25 日,在莲塘零污染乡村,谭宜永为"生态新少年"们上了一节梦想课。

　　"你还记得自己的梦想吗?"

　　"当你和别人说出你的梦想,你是像蚊子一样,还是像狮子一样?"

　　在谭宜永的询问下,少年们静下来开始思考自己的梦想。每个少年都站了起来,大胆地说出了自己的梦想:有的人想成为 CEO,有的人想成为救死扶伤的医生,有的人想成为优秀的科学家,有的人想成为服务大众的共产党员……少年们的梦想都是想服务、帮助更多的人,都是无私纯洁而美好的。

谭宜永问道："你们的梦想改变过吗？"很多少年说没有改变过。谭宜永跟大家说，一个人的梦想是可以改变的。什么时候可以改变呢？那就是在拥有更大梦想的时候。因为我们的梦想伴随认知的不断提升也会不断改变，当你拥有更加伟大的梦想的时候，你就可以扩大你的梦想；如果你还没有更伟大的梦想，那么请保护好现有的梦想。

"生态新少年"班主任项志如老师也谈到了自己的梦想，那就是"永远与孩子们在一起快乐成长"。项老师无私奉献的精神和对孩子的关心与照顾，感染了很多人。

谭宜永："你们爱项老师吗？"

孩子们："爱！"

谭宜永："那怎么才算是真正的爱呢？"

孩子们："关心她，照顾她，珍惜她，呵护她……"

谭宜永："爱她就要成为她的骄傲！那怎样做才能成为项老师的骄傲呢？那就是实现你的梦想，成为最好的自己！"

"生态新少年"项目的所有志愿者老师，从全国各地来到莲塘，陪伴少年们成长，希望他们成为有社会责任感、有能力、有担当，能够关注社会问题、环境问题、农村发展的"生态新少年"。

谭宜永给少年们播放了一段关于"荷兰十七岁天才少年从小努力，实现了梦想,让海洋垃圾清理加快了七万年"的视频。谭宜永呼吁大家在实现梦想的道路上,不要因为别人的不理解而轻易放弃,而应当时刻牢记自己的梦想,每一天都要思考能为自己的梦想做什么?

课堂最后,谭宜永提出一个十年之约,他想看十年之后,大家离自己的梦想是靠近了、实现了还是放弃了。

少年们愉快地接受了约定!

为了更勇敢，十四岁的他
称自己是最开朗的男孩儿

小叶叶

谭奥伟说："梦想就像一盏路灯，照亮我前进的方向。初一暑假，我来到了'生态少年营'，来到了全国各地志愿老师身边。项老师（'生态少年'营班主任）是一名优秀的大学教授，她懂得许多道理，她乐于助人，有爱心，使我的梦想像大火一样燃烧起来。我以后再也不能放弃自己的梦想，要坚持去实现，我志愿做一名优秀的人民教师。"

"生态新少年"开营时，谭奥伟自我介绍道："我叫谭奥伟，在家排行老四，我的性格特点是特别开朗。"他的自我介绍有点特别，老师们开始留心观察孩子话语背后的故事。

"生态少年营"开营第五天，傍晚听说谭奥伟妈妈打工回来，我们同谭奥伟一同去了他家。无任何墙面装饰的红砖瓦房就是谭奥伟的家，走进去一看，屋子低矮黑暗，他的妈妈因为出门摔伤了，当时正躺着看电视。

看到家里来人了，奶奶出来迎接，然后跟老师们聊起了家里的事："小伟爷爷早年因病去世，后来小伟爸爸也因病走了，家里剩下四个孙子孙女

谭奥伟的家

和我,靠着小伟妈妈一个人在外打工维持生活。四个孩子读书成绩都挺不错,去年高中毕业准备出来工作的姐姐,因学校霸凌事件,整个人精神状态很差,常常需要药物维持正常状态。"

　　谭奥伟是家里唯一的男孩儿,也是家里的顶梁柱,他笑着说:"我是最开朗的一个男孩儿。"离开时,我们强行将谭奥伟留在家里陪妈妈一晚。难得妈妈回来一次,我们希望他们一家人能好好聚聚。

　　在这次的"生态少年营"中,有几名和谭奥伟一样的孩子,他们的家庭

破旧的墙上贴满孩子们的奖状

谭奥伟在艺术课上

遭遇变故，但依然怀有一颗纯真的心，积极上进，用柔弱的肩膀挑起家庭的重担。

　　少年，代表着美好和希望。大多数少年还在鲜花、呵护、游戏中自由自在地享受父母给予的一切时，眼前这位少年却在这个美好的年华开始立志，分担家庭的担子。虽然前路艰难，但他勇敢、坚韧，未来必然可期。

铭记峥嵘岁月，少年重走长征路

刘佳玮

2021 年 7 月 29 日，"生态新少年"重走长征路活动开始了。

清晨五点，天还未亮，少年们就踏上了征程。从谭溪村到荷叶村的路上，孩子们走过了一段石板路，那里杂草丛生，清晨的露水打湿了大家的裤腿，还要承受蚊虫的叮咬。但是少年们一想到当年的红军战士走这条路的时候，连石板路都没有，红军战士吃苦耐劳的精神，给了大家莫大勇气。

一路上，通过谭民杰教授的讲解，孩子们了解到当年中央红军曾经路过谭溪村，并且在这里留下了很多动人故事。

在谭溪村的红色文化陈列室，谭教授为少年们讲述了发生在谭溪村的红色故事。

当年十四岁的少年谭长俊了解了红军情况后，主动把躲藏的乡亲们叫回来接待红军，并在日后成长为一名抗日英雄。谭长俊就是谭教授的父亲，谭长俊百年之后，谭教授按照父亲生前的愿望，将父亲的骨灰从广州带回家乡安葬。少年们来到谭长俊的墓地，向英雄鞠躬献花。

共产党员谭延华在荷叶镇从事地下工作，接应和救助了很多红军。后来因为身份暴露，年仅二十八岁就英勇就义，没有留下后代。谭教授带领少年们去了谭延华生前住过的雷公渊，缅怀这位舍生取义的英雄。

"生态新少年"为谭延华烈士默哀

还有少年时就保护受伤红军的谭腾蛟,长大后考入黄埔军校,后来参加了抗日战争。这支少年队伍中就有谭腾蛟的后代,少年们听着先辈的故事,感受到了自身的责任与使命!

"生态新少年"向英雄献花

谭溪村无名红军墓上杂草长得非常快,少年们决定以后去那边开展活动,为无名英雄墓地拔草、扫墓。

最后少年们到了潮泉庙,这里是红军的一个地下联络站。这里有很多感人的故事,等待少年们去挖掘、宣讲、传承。

"生态新少年·重走长征路"合影

"生态新少年·重走长征路"活动感悟（一）

谭奥伟

此次重走长征路仅有五个小时,却让我深刻体会到红军长征时的艰苦卓绝,更加明白了今天的幸福生活来之不易。

我们先去了荷叶圩,那里有红军墓。谭民杰教授给我们讲了红军的故事,目的是让我们学习先辈们英勇不屈、追求真理的大无畏精神,并将这种精神传承下去。

下一站到了潭溪小学,谭教授讲述了谭氏革命前辈的斗争历史。我们一定要继承他们的精神,将它传承下去并发扬光大。到了雷公渊,大家参观了英雄故居并心生敬意。

最后来到潮泉庙,那里是地下党的联络站旧址,以前叫潮泉书院。谭教授为我们讲授了发生在这里的故事,大家听得很认真,都心有所悟。庙里的僧人补充讲述了水月庵的故事。

"生态新少年"重走长征路

"重走长征路"令我感悟颇多。我们要学习革命前辈坚持不懈、英勇拼搏的精神,只有这样我们才能取得好成绩,才有能力为祖国建设贡献力量。

　　五个小时对于我们来说也是一个很大的考验,大家顶着太阳走完这次"长征路",而红军长征走了两万五千里!

　　所以面对困难时,我们不要轻易放弃,今日的幸福生活来之不易,我们一定要倍加珍惜!

"生态新少年·重走长征路"活动感悟（二）

谭斌艳

今天有一件很重要的事情:重走一次当年红军长征走过的路,了解当年红军的事迹。怀着一颗期待的心,我们出发了。

"生态新少年"重走长征路

我们从莲塘走下来,途中走了一段石板路,两边杂草丛生。早晨的露水打湿了我的裤腿,忍受着蚊虫叮咬,一路走到荷叶圩。在这里我们看到了一处遗址,表面上是一个药堂,实际上是当年红军的地下联络站。

谭民杰教授指着一座山说了一个故事:"国民党到处散播谣言,说红军烧杀抢掠,无恶不作,村民听说红军来了,都藏到后山腰,村里一个人也没有。有一个十多岁的小孩因为好奇下来查看,发现红军是仁义之师,于是把村民都叫回来。红军大部队在此住了一晚,打扫好街道才离开。"这个小孩后来成为抗日英雄,他就是谭教授的父亲谭长俊。

随后,谭教授带我们去了这位抗日英雄的墓前,我们向抗日英雄三鞠躬,以表示我们的敬意。随后又来到一个无名红军墓缅怀先烈,并瞻仰了谭教授父亲的故居。我有些吃惊,没想到这些红色遗迹竟然离我家这么近!

谭教授讲述谭氏革命先烈的故事

接着我们去了潭溪小学,学校墙上挂满了谭教授所写的关于谭氏革命先烈的故事。我的心又被深深震撼了,因为我也是潭溪的一分子。

我们随后又去了雷公渊,那里是革命先烈谭延华曾经住过的房子,他曾救助了不少受伤的红军。

我们还去了潮泉庙,了解到它原名叫潮泉书院,长征时有不少受伤的红军被转移到这里,这里还是红军的地下联络站。谭教授说,谭延华由于组织潭溪村捐粮捐物而暴露了地下党身份,年纪轻轻就英勇就义了。

这次重走长征路,我体会到了当时红军拯救中国的艰辛。正是千千万万革命先烈抛头颅、洒热血才换来繁荣昌盛的中国。所以我们一定要铭记历史,珍惜当下,发扬革命精神!

夏令营圆满落幕

　　2021 年 8 月 4 日，"生态新少年"夏令营活动圆满结束。谭宜永老师、全体志愿者老师、少年家长代表来到莲塘零污染乡村出席闭幕式。闭幕式上，少年们分享了自己这段时间的收获与感悟，为大家展现了训练营的学习成果：动人的英文歌曲、感人的手语舞、活力四射的队歌、"简单蓝"绘画作品、英文分享……

少年表演《童心向党》手语舞

宋一雯老师和少年们演唱歌曲《Do Re Mi》

"生态新少年"代表谭斌艳用英文表达了自己参与"生态新少年"夏令营的收获：

"吴老师告诉我，要做一个诚实有礼貌的人，最重要的是如何在不伤害别人的情况下与人相处；张老师让我学会如何在绘画中使心情平静；商老师教我如何制作手工皂，能够减少环境污染；宋一雯老师教我唱《Do Re Mi》，这是我第一首会唱的英文歌；因为叶叶老师，我在这里做了人生第一次的瑜伽；吕老师教会了我们垃圾分类和制作环保清洁剂，来净化环境与土地；刘老师指导我的作业；感谢后勤的老师们制作的美味食物……我会想念这里的每一个老师。我们少年也会越来越好，期待着再次相遇。"

动人的歌声从大礼堂传出，孩子们为大家展示的是晚课的学习成果：手语舞《一家人》和《感恩一切》，负责人文课教学的吴建隆老师每天晚上带

领孩子们练习这两首歌,动人的歌声让孩子们内心更加平静。无论是对同学和老师,还是对自己的父母,孩子们都多了一份感恩之心。

"生态新少年"领取结营礼物

"生态新少年"帮忙搬运物资

活动顺利结束后,少年们帮忙打扫会场,收拾物品。"生态新少年"队长谭志勇、郭维涛、谭奥伟表示,他们很想一直留在莲塘。当老师问:"为什么想一直留在莲塘呢?"他们说:"因为这里有太多难忘的回忆。"

志愿者老师送给少年们的话

2021年8月4日,"生态新少年"夏令营圆满结束。谭宜永老师、全体志愿者老师、少年家长代表来到莲塘零污染乡村出席结营仪式。结营仪式上,老师们都留下了对"生态新少年"的祝福……

宋一雯老师("耕读教育·点亮梦想"支教老师、负责英语教学)

来到这里遇到大家,我感到非常幸运。因为在这里我看到的、听到的、感受到的,都让我对教育有了全新的认知。以前我觉得教育仅仅是课本上的东西,但现在我发觉自己的理解还是太浅薄了。我发现每一个人都有闪光点,都有特别大的潜力,只是需要我们用时间与智慧去挖掘,希望大家都好好学习,不荒废自己的青春。

张淑青老师(负责"简单蓝"艺术教学)

我想对孩子们说,每个人在这个宇宙都是独一无二的,你们都是最优秀的,我希望你们可以更加自信地面对人生。

梓涵老师(负责写作课、书法课,班主任助理)

一开始与夏令营的少年们交流,我有些措手不及。你们的善良、淳朴感动了我,在这段时间的相处中,我感受到你们对学习的极大兴趣。我已经把自己所会的都一一传授给了你们,希望孩子们继续努力,考上自己心仪的大学,实现自己的理想。

商海燕（负责手工皂课程，代理班主任）

我在生态训练营中负责手工皂课程，在这里，我看到了孩子们的天真、善良、有担当等一系列优秀品格。在接下来的日子里，我们要把爱传递给更多的人。

谢雪燕老师（后勤部）

孩子们真的很了不起！因为你们可以五点起床，可以不用电子产品，不用手机。在这半个月里，我发现你们真的非常了不起！所以在未来的日子里，无论做什么事情，你们都要有目标有方向，我相信你们一定可以做到。

钟运芳老师（后勤部）

我在这次夏令营中负责厨房工作，每次看到孩子们偶尔进入厨房，我都能感受到孩子们的改变。就像现在你们很端正地坐在那里，自己就会想到应该坐直，同学之间也会相互提醒。我相信孩子们会越来越好，大家在一起影响更多的人，成为未来的栋梁之才。

丹丹（后勤部）

这段时间非常感恩大家给我机会陪伴大家，也非常感恩大家对我和孩子们的包容和帮助。未来的路上，我们一起前行，一起克服困难，一起努力拼搏。

吕明老师（"耕读教育·点亮梦想"原总筹，负责农耕课）

竹林沙沙，山林里响起了你们的琅琅读书声；清风呼呼，田野里回荡着你们的欢声笑语。莲塘的一草一木，都有着你们成长的足迹。祝福你们在未来的路上走得越来越好，前途无量，一片光明。

刘佳玮（宣传部，班主任助理）

你们善良、真诚、关心别人，是一群生生机勃勃的少年。荷叶的少年们给了我很多力量，带给我很多美好的回忆，让我爱上了这个地方，让我渴望扎根在这里献身教育。感恩大家，很开心遇到大家。

吴建隆老师（负责环保课、人文教育课）

一个非常偶然的机会,我来到这边和诸位一起学习,感到非常荣幸。我发现《弟子规》是一本人生宝典,如果诸位能够把里面的内容融会贯通,付诸实践,即使你不能成为一个圣人,也能成为一个贤人。希望孩子们不要把这段时间所学的都还给我哦!

叶叶（零污染家乡建设项目组总执行,负责瑜伽课）

今天能留下来的所有的伙伴,你们都是最棒的! 还记得老师在瑜伽课上教大家练习动作的时候一直在说什么? 放弃是很容易的,只要一秒钟;坚持到最后,也是一秒钟,对吗? 每一个瑜伽动作,当你坚持到最后放下来的时候,是什么样的感觉? 就是幸福感! 原来幸福来自努力之后,来自坚持之后。

谭宜永 （"生态新少年"项目发起人,梦想导师）

未来的希望就在你们身上,我在这里学到的东西对大家有帮助,这里只是一个起点,大家的未来会越来越光明。

"生态新少年"夏令营
家长及少年的心声

    "生态新少年"夏令营是第一次为乡村儿童（大部分是留守儿童）举办的夏令营。很多家长把孩子送过来，但是由于我们的接待能力有限，只能接受少部分。虽然遗憾，却也给了我们推动"耕读教育·点亮梦想"这个项目的信心和动力。

    在这过程中发生了许多感人的故事，学生、家长都有很大收获。本篇收录了家长和学生们的发言，大家可以从中了解乡村孩子和家长的内心世界。

1.谭志勇的妈妈

    尊敬的各位老师，您们辛苦了！我是谭志勇的妈妈，是一个没文化的人，我很欣慰我的小孩能有现在这么好的心态和风貌，能够遇到这么多的好老师。

    我以前不知道怎么教育小孩，只是跟孩子说，妈妈没读过书你们要好好学习。我总是忙自己的事，很少跟孩子交流，导致孩子有什么话也不跟我说。感谢谭导在莲塘办的这个"生态新少年"夏令营，我跟项老师学到了有空多跟孩子交流、沟通的技巧，做什么事情不要老是埋怨，什么事都要往好的方面想，人要懂得感恩。

    很感谢各位老师，我儿子学到了很多东西，我从儿子身上看到了坚强、担当。

    我希望我的儿子能够做一个对社会有用的人。儿子加油！

2.谭志勇

我是夏令营学生谭志勇。很感谢谭宜永学长给了我们一个这么好的机会,也感谢所有老师的付出。我知道你们来我们这里不是为了名利,只是想让我们这些农村孩子获得更多知识。比如商老师教我们做手工皂、吴老师教我们知识、项老师教我们怎么做人、薇薇老师教我们怎么耕地、佳玮老师教我们如何做题、梓涵老师教我们如何写作……

夏令营本来还有十多天才结束,但是因为疫情只能提前结束了。我本来开开心心地来上课,听到这个消息后心里很不是滋味。

感谢这次夏令营活动!感谢谭宜永学长!感谢所有付出心血汗水的老师!

3.郭维涛的妈妈

真诚感恩"耕读教育·点亮梦想"活动,给我带来非常强烈的心灵触动,让我迷茫的心找到了前进的方向!

在这里非常感恩谭导和来自全国各地的义工老师!你们深厚的家国情怀、你们的真诚友善、你们的无私奉献值得我们学习和深思。你们把《弟子规》里做人、做事、做学问的大智慧,在日常生活里运用得淋漓尽致。

感恩《弟子规》这本经典和吴老师、项老师、孩子们、家人们每天早晚的陪读,让我转变了心境。每天早上的诵读让我心情很愉悦!

自从开展"耕读教育·点亮梦想"活动后,我收获很多,很多心头郁结豁然而解,茅塞顿开。遇见你们是人生之幸,让我由衷地说一声:"遇见你们真好!"

4.谭诚谚的爸爸

真诚感恩"耕读教育·点亮梦想"活动。这次活动传承了中华优秀传统文化。最值得感恩的是来自全国各地的义工老师,你们真诚地陪伴孩子们成长与学习。我相信,每个孩子以及每位家长都会发自内心地感恩你们!

经过这次学习我才知道,当今社会污染严重,生态极不平衡,很多都是因为我们日常生活中的不良习惯导致的。经过这次学习,我深刻认识到,我的生活习惯一直都在破坏环境。在未来的日子,我会努力传播中华优秀传统文化,让整个世界同心协力,来保护我们美好的家园。

5.王玺云、王瑞琦的妈妈

以前从来没有听说过零污染家乡建设,更没有接触过,所以不明白到底为何物。自从这个暑假我带着我的两个小孩参加了"生态新少年"夏令营,才知道了零污染家乡建设这个团队。"生态新少年"夏令营正是由谭宜永和他的零污染家乡建设公益团队组织启动的。

"生态新少年"夏令营活动举办地是在莲塘零污染生态村,我跟孩子们在这里度过了难忘又快乐的十五天。

我和孩子们在零污染家乡建设公益团队队员的耐心教导及帮助下,各方面都有了翻天覆地的变化:我们也能做到每天早上五点起床,一起去爬山、读书、捡柴火、捡垃圾和进行垃圾分类;也能做到每天中午去地里拔草、耕地、浇水、施肥;甚至还学会了做堆肥、做环保手工皂等技能。

在吴建隆老师、项志如老师的人文教育下,我和孩子们更加明白了粮食的来之不易、农民的艰辛劳苦,让我们有了一颗感恩之心。

谭导的梦想课让我和孩子们都找到了各自的梦想。虽然大家的梦想各不相同,但是也有相通之处,那就是都是为了让自己成为一个有爱心、有善心、有责任心、有担当、爱自己、爱他人、爱祖国、爱世界的人。

千里之行始于足下。自从参加了"生态新少年"夏令营活动,我渐渐改掉了铺张浪费的不良习惯。今后要更加努力,尽量改掉自身缺点,少玩电子产品,少熬夜,少发脾气,多包容,多理解他人,多读书,多学习,做孩子们的好榜样,成为一个对社会有用的人。

6.王瑞琦

暑假无聊之际，参加了一个夏令营。本次夏令营对我来说算得上一次考验，使我学习到了许多知识与技能。参加夏令营的这段时间成为我人生中难忘的

做老师的小助手，带领大家诵读经典

一次经历，它会成为我人生中的灯塔，指引我奋勇前行。

进入夏令营后，诸多事情压得我喘不过气来。说实话，我有点不太适应，但由于老师的热情和同学们的"自来熟"，让我慢慢适应。

早晨，太阳还未从山头露出，还在熟睡的我被老师叫醒。是的，我们要去爬山。我迷迷糊糊地来到集合地点，但大家都特别有精神，由此我十分佩服且内疚。爬山使我十分疲劳，老师对我说过两天就适应了，我相信我自己能很快适应活动！

夏令营的课程丰富多样，其中我印象最深的是农耕课。有一次我们去辣椒田里摘辣椒，这里的辣椒有的红彤彤，有的绿油油。我们将有些腐烂坏掉的辣椒拿回去做环保清洁剂，好的辣椒当然是用来吃啦！

我们顶着烈日摘辣椒，虽然很累，但是看到最后满满一大麻袋辣椒，我们开心地笑

露营回来看日出的王瑞琦

了,因为体会到了收获的快乐。

夏令营的饭菜虽然全素但是零污染,可谓健康加美味。我现在也由原来离不开荤逐渐成为一位素食主义者。

本次夏令营中有许多自我展示和演讲的机会。还记得以前我是老师眼中的"乖乖女"、同学们眼中的"沉默者"。那时的我从来不喜欢与同学们交谈。因此我上台演讲都十分紧张,声音小得跟蚊子叫似的。但自从来到这里,我开始变得外向,喜欢与人交谈,演讲也不再紧张,而是自信、开朗。

十分感谢这次经历,它使我成为我想成为的人,并且更加明确了我的目标,让我学习到了许多。

7.王玺云

暑假,我和妈妈及二姐一起来到莲塘零污染生态村参加"生态新少年"夏令营活动。

我印象最深刻的就是农耕课。有一次,我们去地里摘辣椒,坏的辣椒用来做环保清洁剂,好的摘来吃。我们顶着炎炎烈日兴高采烈地摘了很多辣椒。过了一会儿,老师说够了,要带我们回去。

刚回来就赶上吃午饭,老师让我们去宿舍里洗洗手就过来吃饭。大家都很辛苦,很多同学狼吞虎咽地吃了好几碗饭,那叫一个香啊!

吃好饭以后,老师安排我们将摘来的辣椒清洗干净,摊在盖垫上,把水分晒干。厨房的阿姨都夸我们是勤劳的小蜜蜂呢!

在这次夏令营中,我学到了很多,也成熟了很多。

8.谭志宇

我叫谭志宇,我的梦想是成为一名共产党员,在工作中心全意为人民服务。

叶叶老师很善良,可爱可亲。我觉得项老师是世界上最可敬的人。佳玮老师是个摄影师,帮我们学习,把我们拍得光彩照人。

我们早上四点半起床,比农民伯伯还早。起床后我们要去爬山,然后到达指定地点,站好队伍,准备读《弟子规》。吴老师说读《弟子规》要把心静下来才能读好,读完要回味,才能有所收获。

第一节课是八点到九点,去田里除草耕地,有的同学们把菜拔了误以为是草。

第二节课是九点到十二点,让我们向老师请教难题,这节课让我们尝到了积累知识的快乐。

下午第一节课是两点到三点,上绘画课,老师让我们将烦恼画在画里,让你失去烦恼获得快乐。

第二节课是三点到四点五十,上茶艺课,增加生活情趣,提高个人修养。

第三节课从四点五十到六点二十,写周记。

晚上第一节课从七点到八点半,由吴老师讲解感恩。

第二节课从八点半到九点,由吴老师教我们如何打坐。

9.谭奥伟

我是谭奥伟,在这次夏令营中我学到了很多知识,也懂得了许多做人道理。这次夏令营,有很多老师从全国各地赶来,目的就是能够把知识传授给我们。

我学到了许多关于环保方面的知识,如垃圾分类。还知道了环保的作用,还有一些中草药物,不仅可以治愈伤口,还对人体的保健有很大的帮助作用。还有堆肥,它不像化肥对身体有危害,而是一种利于健康、让蔬菜更新鲜的肥料。还有手工皂,它不像超市买的肥皂含有荧光剂,对皮肤有伤害。

吴老师的人文课,教我们做人的道理。当我们犯错了,他会提醒我们,讲他希望我们怎么改,有好的品德就能够拥有更多的朋友,遵照《弟子规》中所说的去做,让我们更加受人喜爱。

本次夏令营我学到了很多,感谢老师们的教导与宽容。希望有更多的人加入我们的行列,一起学习知识,我也会带动身边同学一起成长,做一个对国家有利的人。

10.曹馨蕾

家长对生态新少年体验营的感受

外婆对这里的感觉是较好。

外婆本来是想,把我哥哥他们也送进来。但这里只收一个人,然后他们就把名额给了我,我就决定要在这好好学习。

外婆觉得我来这里变了很多。

家长对生态新少年体验营的感受

外婆认为把我放在那里学习是个不错的选择。

外婆觉得我去那变化很大。比如,学会主动做家务、玩手机的时间减少了很多、学会了独立等。

外婆觉得我有一点不好的地方是废躺在床上玩手机。

外婆说:"下次体验营还让我去。"

我很喜欢那里,外婆也喜欢那里。

11.卢林佳

我是荷叶中学的一名学生,很荣幸能与大家分享我与耕读教育的老师们在学校的故事。在他们到来时,我们学校的各位领导隆重地举行介绍会,同学们也带着好奇的心理热情欢迎他们。

负责耕读教育的老师们和蔼可亲,一到下课就有一大堆同学们去与老师聊天、戏闹。我们很喜欢这几位老师,这几位老师和学校老师们在接下来的几天中非常细心地安排各种活动,就是为了让我们在学习中不感到枯燥乏味。

学校老师们和耕读教育的老师们付出很多,牺牲个人休息时间准备演讲,为我们提供正确的学习方法和理念。

还有我们学校的校服,是所有老师和各位社会上的好人捐赠的,我们很感动,也很感激,希望所有人都越来越好。

12.谭建华、谭欣月、谭玉婷的妈妈

这次孩子们放暑假,我们有缘参加了由谭宜永团队发起的"生态新少年"夏令营活动。

活动举办地点是在莲塘零污染生态村。这里风景秀丽,气候宜人,民风纯朴,特别是那些来自全国各地的支教老师,对待家长和孩子都特别有耐心,特别有爱心,就如同春天的阳光般温暖。

给我印象最为深刻的是项志如老师,她不辞辛苦地从内蒙古千里迢迢来到我们这里,教导我们要心存善念,多做善事。

她说的那句"积善之家必有余庆,积恶之家必有余殃"我很认同。人生在世,不一定要活得轰轰烈烈,但是一定要多做好事,老老实实,本本分分,这是在给自己及家人积德。

这些志愿者们其实就是在行大德积大善,感谢他们为了建设我们的家乡、培养我们的孩子而作出的无私奉献。我一定要向他们看齐,努力做一个对社会有用的人,做一个有爱心的好人。

13.谭欣月

时间过得飞快,然而在一个酷热的季节里,被家长叫去体验生活(参加夏令营)是一种怎样的感受呢?

大自然有着呼风唤雨的能力,此刻我真想拥有这种能力!因为拥有这

种能力，就可以阻止我们前往莲塘了。最后，我们还是来到莲塘村。

在这个地方，我看见许许多多和蔼可亲、远离着家乡的老师们。在他们每个人眼里，也许我们这些孩童都是非常普通的吧！其实这与我想象中的并不一致，他们觉得我们是一群活泼机灵、天真无邪、充满动力的少年。

"生态新少年"的瑜伽课

我在莲塘待了一段时间后，不知不觉中新交了一些小伙伴。我感觉他们都比我活泼、开朗、热情、快乐。我似乎越来越不合群，越来越孤单，越来越悲伤。

就在此时，我隐隐约约听到一个声音说："你瞧，这位小姑娘怎么啦？"顿时，我再也忍不住啦，黄豆大的泪珠滚涌而出。我感到万分羞愧，心想：我竟然在光天化日之下被老师看见这副模样，太不像话了！于是我慌忙躲开老师的目光，转向另一方向。已经上课两三分钟，我默默地走过去，然后望了望那位安慰过我的老师，只见她嘴角边扬起笑容，然后默默离开。

就因为这个小小的细节，让我开朗了许多。她也是在夏令营中第一个帮助过我的人——杨老师。

说到帮助，我还忘了一件事呢，那就是上艺术课的淑青老师，她负责给我们讲述画画的内容和技巧。我为什么说到淑青老师呢？因为是这位善解人意、让人心情愉悦的老师，让我变得更加自信，更加充满活力与激情……

　　在这个夏令营帮助过我的人还有许多呢，我特别感谢这些老师，是他们教我们如何做人，教我们如何变得更好，教我们学到更多知识，从而让我们变得更加优秀，变得更加自信。

　　在这次夏令营中，我学到了许多知识，例如团结就是力量；一切行动听指挥；劳动是生命的一部分，它是生命的源泉，是激发我们前进的动力；德行可以成就智慧……

　　在这次夏令营中，所有的风风雨雨都将化作黑亮的煤，在明天燃烧！

十四岁少年爱上捡垃圾需要多久

——"生态新少年"何清华采访实录

十四岁少年何清华在桂阳县上初二,他没承想,在这个暑假,一场"生态新少年"夏令营活动,会给他的初中生活带来翻天覆地的改变:原本内向腼腆的他打开了心扉;认识了很多侠肝义胆的好朋友;学到了很多课本上没有的知识;他不仅 get 到了一项泡茶的技能,还变得更加勤劳爱干净,让父母刮目相看;他喜欢上捡垃圾,开始思考"零污染",生态环保的理念在少年心底生根发芽……

今天清华又来到莲塘,我抓住机会,采访了这位少年,想弄清到底是什么样的经历,让他在短时间内发生了如此大的改变?

采访人:刘佳玮

讲述人:何清华

刘:"生态新少年"夏令营已经结束,为什么会再次到莲塘?

何:活动结束后,我来莲塘村玩,差不多有五六次了。因为此前在莲塘我遇到了很多好人,结交了很多朋友,对这里产生了浓厚的感情。

何清华和"生态新少年"夏令营的小伙伴

刘：参加"生态新少年"夏令营有什么感悟与收获？

何：我比以前更成熟了。以前我爱哭爱闹，也不怎么爱干净。夏天一般是隔一天洗一次澡，地上的垃圾我一般看到也不捡。现在遇到垃圾我都随手捡起来，然后放到垃圾桶里。因为项老师曾说过："垃圾，其实只是放错了地方的宝贝而已。"

在这里我还学到了农耕，学会了如何自力更生；还有茶艺课，杨老师教我学会了泡茶；还有吴老师的人文课，让我懂得了很多人生哲理；手工皂课程，让我学会了自己动手做手工皂……

"生态新少年"进行垃圾分类，找到很多宝贝

刘：你的环保理念提升了哪些？说说你对垃圾分类的认识？

何：比如垃圾分类，还有堆肥等。

对于垃圾分类的认识：

1.可以减少环境污染。由于我国蛮多地方没有进行垃圾分类处理，现代的垃圾一般含有化学物质，有的会导致人们发病率的提升。而如果我们进行垃圾分类处理，就可以减少环境污染，同时也保护了人民的生命健康。

2.节省土地资源。垃圾填埋和垃圾堆放等垃圾处理方式占用了土地资源，如果我们将垃圾分类，去掉可以回收的、不易降解的物质，则可以减少垃圾数量达60%以上，进而节约了土地资源。

所以，我大力提倡对垃圾进行分类，也建议大家一定要学会垃圾分类的方法，这样，我们才能更好地净化我们的家园，美化我们的生存环境，为地球生态文明的发展做出我们每个人应有的贡献！

刘：分享一下你们捡垃圾的有趣故事。你怎么看待捡垃圾这件事？

何：我在潮泉庙捡垃圾的时候，捡到水泥袋二三十个，大部分埋在土里，还有的因为垃圾袋拽不动而没有捡。

当时谭奥伟同学和项老师一起割那边的荆棘，就是为了不让我们捡垃圾的时候被割伤，割完以后我和谭斌艳同学去那里捡垃圾，也捡了很多。

吴老师曾经说过，塑料五百年才能降解，我建议大家少用塑料袋，买菜的时候自己拿篮子或者自己带袋子，重复利用，减少对塑料的使用。

我对捡垃圾这件事的认识：捡垃圾能美化环境，周围的环境更美丽了，人看到了也心情舒畅。捡垃圾是一种很好的行为，对自己好，对别人也好。爱护地球是每个人的责任。

"生态新少年"夏令营茶艺课——清华的最爱

刘：这个夏令营，你最印象深刻的课程是什么？

何：杨老师的茶艺课是我最偏爱的。同学们都很喜欢我泡的茶，我也很开心，自己和他人都收获到了很多快乐。

杨老师的茶艺课——清华的最爱

刘：你什么时候开始有了环保意识？如何成为一个真正的"生态新少年"？

何：在我未参加夏令营之前，我还没有这样的环保意识。参加夏令营的第五天，无意之中我在村里的井里面看到了很多塑料，我意识到了问题的严重性，我不希望零污染乡村有垃圾，所以我就主动捡起了这些垃圾。

这一次主动地捡起垃圾的行为，让我的环保意识有了很大提升，我真的喜爱好的环境。所以从那天之后，一看到垃圾，我就会立刻捡起来，扔到垃圾桶里。

想要成为一个真正的"生态新少年"，我们需要做到影响那些乱丢垃圾的人，改变他们的思想，让他们从乱丢垃圾到随手捡起垃圾放进垃圾桶里，带领更多的人这样做。

清华拥抱送别项老师

刘：向"生态新少年"夏令营老师们说几句话？

何：我希望下次的夏令营（冬令营）中，还能听到各位老师在这里的欢声笑语，看到他们生气勃勃的身姿。我希望杨老师能回来，因为她的关心与帮助给了我非常大的力量。

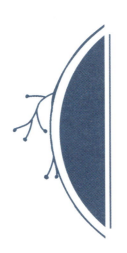

缔造梦想的支教团队

向我校支教老师致敬

郭泽宇

德智体美劳全面发展,是我国的教育方针。然而,由于应试教育的副作用,有一些学校不是很重视美育课程的开设与学习。

作为一名有情怀的教育工作者,我深知:美育对于陶冶人的性情,提升人的精神修养,促进智力课程的学习与开发具有重要的作用。然而,学校没有专业的美育老师,该怎么办? 我只能想办法,对外招募美育、耕读等支教老师,借助他们的力量来促进学校艺术课程的学习与发展。

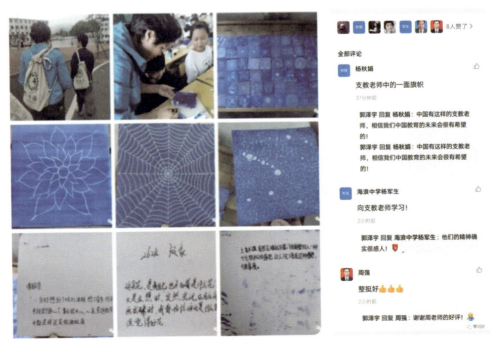

党支部书记郭泽宇的朋友圈

我们学校的艺术支教老师（包括其他支教老师）来自全国各地，他们都是高素质、高觉悟的老师，他们不要一分钱回报，甚至自费买教具、买绘画纸与颜料。学校用房紧张，许多老师是两人合住一个单间，他们很理解，住在没卫生间的老房子里，虽然上厕所极不方便，但是毫无怨言！

学校给他们解决吃饭问题，他们怕给学校增添负担，只吃了两三个星期，就跟学校说自己解决了吃饭问题，不麻烦学校了！

农村学校条件艰苦，但他们义无反顾地来了！他们把个人才华与对孩子们无尽的爱都奉献在三尺讲台上！面对这些无私无我的支教老师，我心中除了感激、敬佩、感动外，只能与他们并肩前行！

爱与温暖，改变乡村孩子

——张淑青采访实录

　　张淑青曾经满身是病，而且还是一个没有自信、满怀抱怨的人。通过学习垃圾分类的方法、践行健康生活的理念等，用公益活动去服务他人，成为一个很有力量的公益团队负责人。现在又成了"耕读教育·点亮梦想"项目负责人。她说承担就是成长，她见证了自己的成长，所以她想把自己的故事分享给孩子们，用生命的温度陪伴孩子们成长。

　　问：您有梦想吗？

　　张：以前我的梦想是跟随温秀枝老师学习，去做环保教育，现在来到这里关注乡村儿童教育。所以现在这个阶段，我的梦想就是怎样把耕读教育做好，让更多的孩子受益，帮助更多的孩子成为有德行、有担当的人。

　　问：您为什么选择这个项目？

　　张：因为做这个项目我看到很多孩子就像我自己一样不自信、自卑，有些孩子还存在其他问题，包括有几个孩子时常游离在学校以外，都有明显变化。

跟他们接触后，发现他们都发生了很大改变，所以人是可以改变的。至于怎样去帮助这些孩子，让他们更好地成长，这是目前阶段我自己需要去学习的。

加入耕读教育这个项目，还得从 2021 年 7 月说起，当时稀里糊涂地来到"生态新少年"夏令营。本来计划参与一下就回家，因为志愿者不够就留了下来，当时我不是很情愿，但我最终还是留了下来。

那个时候没有现在这样投入，内心有很多斗争。但是看到孩子们确实有改变，这让我很有感触。在离开莲塘的时候，孩子们来送行，他们那期待的眼神，给了我开学后再度回到这里的力量。

问： 是什么力量让您从家走里出来，愿意用三年时间待在乡村去陪伴孩子们？

张： 这个也是在这段时间才明白的。因为谭宜永导演这段时间的带领，让我明白乡村振兴真正要做的是从乡村教育开始，也就是从基础教育做起。也是因为这段时间跟孩子的接触，让我觉得基础教育的确非常重要，所以让自己去做力所能及的事。

我觉得我在这里什么也没做，但是我感受到了孩子的改变。孩子的这种改变促使我参与耕读教育，对我自己来说非常重要，也很有意义。

问： 孩子们的哪些改变触动了您？

答： 有一个孩子，现在应该上初三了，她的改变确实触动到了我。老师是一个很神圣的职业，而我觉得自己就是一个初中生，也没做什么，最多的是陪伴，但是看到孩子性格上的这种改变，让我的心灵产生很大触动。

还有就是二一八班的弘业，之前看他是挺冷漠的那种少年，从心灵深处来说我也有点害怕这个孩子。但是我在接触过程中没有做太多，只是在上课的过程中偶尔与他有一些肢体接触（拍拍他的肩膀或者后背），并没有过多的语言。温老师说："我们只需要把手轻轻地放在人家的肩膀上，给他一些鼓励，就可以给他们温暖和力量。"真的就这么简单，我看到他有了明

188

显改变,不再是以前那个冷漠的孩子了。

所以只要你愿意付出一点点陪伴,他们就会有这么大的改变。我以前的认知会觉得自己需要很大的能力,才可以来学校成为支教老师。这段时间的经历让我明白,其实真的很简单,只要给孩子一些鼓励的语言、肢体的拥抱,就可以改变他们。看到他们的改变也让我更有信心,更加坚定地去做这件事。

原来教育可以这么简单,就是用简单、温暖的语言与陪伴就可以,并不是非要拥有很高的学问和技能,这是我现在的认知。

问:关于乡村教育您是怎么理解的?

张:以前想都没想乡村教育这方面的问题,也是这段时间听谭宜永导演、项志如老师与学校领导讨论这个问题时,才慢慢理解了原来乡村教育这么重要。

因为我在城市中生活,从来没有思考过乡村教育,也从没想过乡村学校已开始慢慢撤掉,孩子们需要到镇上上学。因为在浙江那边,乡村小学还普遍存在,可能是因为浙江有很多外来民工子弟的缘故。

所以,乡村要振兴,首先要教育乡村的孩子,他们受到好的教育才能带来乡村的振兴与发展。乡村振兴确实要从乡村教育开始,唯有这样才能改变中国乡村面貌。

问:您愿意为乡村教育而努力吗?

张:我不知道未来能做什么,但是我想这个初心是纯的,我们所有外在的一切呈现,都与我们的心有关,只要有心一切都可以完成。

当然这个事情不是几个人就行,还要有更多的人参与才可以。

问:您将如何邀请其他人来支持?

张:我觉得耕读教育真的非常有意义,这段时间我感受到了孩子们的变化。

昨天去学校见了几个校长,我发现他们对我们支教老师的评价很高,因为学校领导也看到孩子们的确改变了。所以我相信,只要我秉持初心,陪着孩子一起努力成长,就一定可以做到。希望更多的人来到乡村,陪伴孩子成长,他们好了,社会就更好了。

陪伴他们成长的过程也是我们自己成长的过程,所以希望大家能够来到这里,关注乡村留守儿童,希望他们有更多的担当!

问:您觉得你们做的事情能为学校和社会带来什么样的影响?

张:其实支教老师们做了很多,虽没有很好地去传播,但在学校里已引起很大反响,得到了学校领导的高度认可,给予了很高评价。我们设计的一些方案被采纳,也有些学校领导有意邀请支教团队进入他们的小学部。一开始只是一部分领导重视,到现在已有越来越多的领导、老师认可支教老师们所做的工作。

对社会来说,我觉得如果我们这里做好了,可以影响全国各地,可以让更多的人关注乡村留守儿童,关注乡村教育与乡村振兴。让更多的人都朝着这个方向努力,才能促进社会更和谐。

其实这是现在国家需要的教育方式, 也是很多家长所期待的教育方式。很多人说很羡慕这里的孩子可以这么开心快乐地学习,也有人咨询中国哪些地方还有耕读教育实践学校。

我们的世界将会面对越来越多的挑战, 如何培养孩子更好地面对未来,挑战未知世界,仅有文化知识肯定是远远不够的,还要培养孩子的德、体、美、劳,一定让孩子既有能力又有担当。唯有如此才能经得起社会的检验,才能担当起社会责任,才能堂堂正正地立于天地之间。

问:您对世界的未来有什么期待?

张:愿孩子们能够健康快乐地成长,他们是国家乃至世界的未来,所以希望他们身心灵得到全面提升,并有一个更好的发展。

愿世界远离战争、瘟疫,民众安居乐业,希望世界未来充满和谐、幸福、快乐。

把余生献给乡村教育

——项志如采访实录

项志如老师今年五十岁，她是内蒙古赤峰市职业技术学院的副教授。她说社会问题的根本是教育问题，所以她在用中国的优秀传统文化，去带一些比较调皮的孩子。十年来她经历了很多，她想从更低龄的基础教育做起，所以她加入了零污染家乡建设公益团队做志愿者，成为耕读教育项目的负责人之一。

项老师是一个非常和蔼的人，她做的一切都是为了孩子，即使因为在劳动中受伤住院，她脑子里也全是想着如何帮助孩子，所以伙伴们去看她，她问的全都是关于孩子的话题。

为了更好地陪伴孩子，她从村里搬到学校，住一间很简陋的房子，她毫无怨言，甚至满怀欢喜。

她相信用爱用心去陪伴孩子，孩子一定会感受到，她相信爱能培养一个孩子成为一个不一样的人。当然，她的爱是有原则的，所以她对谁都好，但是她非常有原则。孩子们也非常爱她、尊重她，同样在她面前都非常有规矩。

问：项老师，您来这里多久了？

项：从 5 月初来到这里，算起来有五个月了。

问：您为什么会来到这里呢？

项：因为这里的"耕读教育·点亮梦想"项目是我一生所追求的教育梦想，我来到这里就是要实现我的梦想。

问：您为什么从事教育？

项：因为我觉得学生现在越来越难教，很多学生都存在这样或那样的问题。我是教职业类学校的，学生都是成年人，他们的问题要追溯到小时候。所以我的梦想是，当我退休后，一定要致力于儿童教育领域。

问：儿童教育在城里也有很多，而且大部分资源都在城市里，您为什么选择来到乡村呢？

项：因为中国是耕读传家的文明古国，没有耕读传家就没有中国绵延几千年的历史。中国现在大力提倡乡村振兴，乡村振兴能否成功的关键就是乡村教育能否复兴。没有乡村教育，就没有后面一系列的规划和发展，这就是我来到乡村的原因。

问：这个项目到现在施行八个月左右，您觉得有成绩吗？

项：不敢说有成绩，但是看到了孩子们点点滴滴的变化。

荷叶镇中心校大部分是留守儿童。孩子们缺乏跟家长的沟通，缺乏家长的爱和关怀。所以我们来到这里以后，不仅充当老师的角色，更多的是充当家长的角色。我们做的学术性的东西并不多，更多的是用心去观察、关爱这些孩子们。在关爱、陪伴过程中，引导这些孩子们找到了自己内心深处的那份美好，找到了自己内心深处的那份善良。

问：哪个孩子的变化让您特别有感触？

项：有一个孩子叫谭志琪，原来的小学老师看到谭志琪说，现在谭志琪变化太大了。我问他怎么个变化呢？这个老师就说原来上课的时候，谭志琪突然间就会发脾气，大喊大叫，还会抓挠自己，现在这个孩子会笑了，而且跟别人沟通得特别好。这个老师特别感动，问我："项老师，他为什么会有这么大的变化？"

其实我们没有做什么，只是陪伴了他短短两个半月时间，用心了解他为什么会大喊大叫？为什么会突然间爆发？然后我们用心听他说、听他讲，仅此而已。

问：陪伴两三个月孩子变化就那么大，假如说我们能够陪伴他六年、九年，这个孩子会不会更加不一样？

项：现在好多问题都是人心的问题，人心的成长需要时间。年龄越小，他成长所需要的时间越短，如果家长没有认识到这个问题，孩子的年龄越大，我们陪伴孩子改变心灵成长的时间就越久。

所以当一个孩子在一岁的时候，我们可能陪伴一年两年孩子就会养成特别好的心智。孩子年龄大一点，我们可能需要陪伴三年、五年。

老祖宗说学习传统文化九年，这个人有可能成为国之栋梁，所以需要我们能沉下心来，用爱心陪伴孩子，从一年级到九年级，这是一个非常重要的时间段。

问：请您说一说如何做好支教工作？

项：不需要有多少知识，也不需要有多少技术，只要有一颗奉献大爱的心，有一种为国分忧的情怀，就能够做好这项工作。

支教很简单，你只要有一颗为了孩子成长奉献自己一切的心，你就可以成为一名出色的支教老师，不分年龄也不分性别。

问：你想给这个世界什么样的祝福？

项：汤恩比教授（阿诺德·约瑟夫·汤恩比）说21世纪将是中国的世纪，作为一个中国人我感到特别自豪。

作为中国人，我希望世界和平，没有灾难，地球村里遍布绿水青山。

疗愈成长创伤的生命艺术

张淑青　王艳萍　盛庆芳

生命艺术是零污染家乡建设公益团队推广普及的艺术疗愈课程，由张淑青、王艳萍负责，在这次支教中，盛庆芳也参与其中。

王艳萍是一位企业家，更是一位公益人，她加入支教团队是因为她女儿在十四岁的时候出现了一些问题。后来通过在零污染家乡建设的学习，她自己收获很多，然后用学习到的方法（包括生命艺术）帮助女儿实现康复，孩子消除了困惑，成为一个有梦想的人。

王艳萍通过自己孩子的成长历程，知道孩子的成长对于家庭的重要性。所以当她来到这里看到这些孩子的时候，便决定留下来陪伴孩子，用艺术疗愈孩子在成长过程中出现的问题或者一些不恰当的教育方式带来的创伤，帮助孩子们成长为一个内在有力量、外在有能力的人。

短短一两个月时间很多孩子发生了巨大的变化，所以王艳萍非常感动，她在分享的时候泪流满面，她被深深地打动了。

盛庆芳是一名银行高管、共产党员，她觉得退休以后她要为国家做些什么，所以她来到了这里。

在陪伴孩子的过程中，在一次次的交流过程中，盛庆芳突然发现她和孩子都被疗愈了。

可以温柔地对待每一个人

——王艳萍老师采访实录

问：您有梦想吗？

王：我以前不认为自己有梦想，现在我有了梦想并且正在实现中。我高中毕业找工作的时候，就想找服务行业的工作，因为做服务行业可以接触到很多人，可以温暖很多人，但是我没有想到这就是我的梦想。现在想想，温柔地对待每一个人，就是我的梦想。

问：您作为一个妈妈，作为一个成功人士，经历了很多事情，您为什么会选择来做支教老师？

王：这跟我女儿有关系，在我带孩子成长的过程中，对于她的成长陪

伴，我有很多做得不对的地方。后来跟着温秀枝医师学习以后，我觉得我可以做得更好。刚好零污染家乡建设公益团队有一个耕读教育项目，可以跟孩子直接接触，可以跟孩子们更好地沟通，我想把我所学到的东西带给孩子们，可以更好地去温暖他们，所以我就来了。

问：在这个过程中有什么特别的事情发生？

王：在一个班级成立艺术小组的时候，有一个小姑娘特别积极地跑到台上来，她说自己很愿意画画。很多同学也都冲上台来了，我就跟他们说，选几个人来管理艺术小组。选举的结果是这个小姑娘落选。下课后，我看到那位小姑娘很不高兴，坐在座位上低着脑袋，用手指头在地上玩粉笔灰。我就跟她聊天，聊了半天她也不理我，最后她说了一句："老师我真的很喜欢画画，我没有朋友，我感觉到自己很孤独。"

当时我就想到我女儿在学校里发生的一些事情，我觉得这件事情可能我做得不对，对于她的积极性有挫伤。于是就跟她讲："没有关系，他们是队长，你可以做老师的联络员，老师有什么事情跟你讲，然后你再去跟同学们沟通。"她说好的，然后情绪稍微好了一点。

等到第四个星期给这个班上课的时候，我刚走到门口，那位小姑娘从远处跑过来，仰起脸大声说了一句："老师，I love you。"然后笑得特别开心。我问："你现在有没有交到朋友？"她说："老师，我现在交到朋友了，虽然不是很多，但是我很开心。"

问：学绘画的孩子们有哪些变化呢？

王：我感觉他们变得特别热情。有一次我去上课，两个班的同学都抢着把我往他们教室里推。我先去了一个班，还没进门，就有同学站在门口，说："老师来了，赶快鼓掌！"随即教室里响起了掌声。

我们每个星期只给一个班级上一节课，几个星期下来，他们都有了很大变化。上课的时候他们很愿意跟老师互动，我感觉到孩子们的心情比较喜悦。

问：整个学校有变化吗？

王：我感到整个学校的同学更有礼貌，更加热情，课堂纪律也越来越好，整个校园干净了很多。

问：您觉得这件事需要更多人来支持吗？

王：我希望有更多的人来支持耕读教育，另外财力方面也需要有人支持，大家一起努力，才能让这个世界变得更美好！

荷叶镇中心校艺术组三年计划方案

王艳萍

1.艺术组项目目的

艺术组主要是带着同学们画"简单蓝"、曼陀罗、水彩画。通过绘画减轻大家学习压力,平复烦躁的情绪,提升专注力,开拓思维,增强自信,培养同学们的团队意识。

2.项目实施

项目总体规划分为三年实施

第一年:

1.在每个班级组建"简单蓝"社团,每天每个社团成员坚持画一幅"简单蓝"或者曼陀罗作品,锻炼同学们的意志力,观察同学们的心理变化。

2.吸引没有画画的同学加入,让更多同学体会到画画的乐趣。

3.建立稳定的支教老师团队。

第二年:

1.邀请当地老师加入,让当地老师自己体会绘画的过程及情绪的变化,带动更多同学加入。

2.重点是建立当地老师团队。

3.邀请相关专家一起交流、研讨。

第三年:

1.社团成员能够独立推广"简单蓝",带动更多人学习绘画。

2.通过三年的陪伴,让同学们心理更健康,学习更积极主动,同学之间的关系更和谐。

3.建立一支稳定的当地团队。

4.举办艺术与儿童发展论坛、研讨会。

3.后续发展

（1）三年结束以后，当地老师们可以用这种方式陪伴孩子们成长。

（2）支教老师团队能力可以满足全国其他学校的需要。

每个人都可以成为灵魂画家

张淑青

我自认为是一个并不爱美的人，平时很难在生活中发现美，"美"对我来说似乎是一种"奢侈品"。

第一次感受到这个世界有"美"的存在应该是在2018年，那是在一个很美的深秋，当时我正在济南参加为期两年的以太按摩最后一期培训，每天早起与同学们一起爬山散步，在当时觉得世界是那么的美。

Clive等三位老师来自澳大利亚，虽都已年近七旬，可他们对人的那份爱、温暖以及永不停息的探索精神深深地触动了我，当时我心里就希望自己的老年也能有像他们那样的智慧与奉献精神，还能有这样的激情去为他人及这个社会服务，让生命永不停息！

那段时间，我突然觉得身边的同学、周边的植物都是那么的美，似乎生活在天堂里，甚至有生以来第一次觉得自己也是美的。这让我觉得有些不可思议！

人生中第二次有美的感受是来自艺术绘画。

第一次接触艺术绘画是在一年前，但那个时候留给我的印象最多只是觉得好玩，并没有把它放在心上。

事情还得从今年3月接触"生命艺术"课程说起。当时团队要开设这门课程，需要有一位项目负责人，我稀里糊涂地承担了，说是很简单，不需要干什么，但我心里还是非常忐忑，但看到没有其他伙伴愿意承担，所以只能去试试。

这个项目接过来以后招募了一群愿意去做的学长，如艳萍、素花等，她们一直协助老师，跟随老师每天画画。我看着她们的画心里好生羡慕，觉得她们的画太美了，心想如果我会画该有多好呀！但心里并不认为自己可以。

直到来到莲塘参加今年暑假的夏令营，谭宜永说你是"生命艺术"项目负责人，也该教教孩子们画画吧！戴着这顶"帽子"让我心虚，因为我从没有画画的经历，心里虽然很不愿意，但是好像也没什么别的办法。回到住处，彭丹（零污染家乡建设干

淑青老师做艺术课讲解

事)睁着大大的眼睛问我："你就是'生命艺术'的项目负责人呀？你知道'生命艺术'有多好吗？我是受益者，它可以帮助很多人重生，推广'生命艺术'课程是很有意义的一件事情，你知道吗？"

当时我就告诉她："我知道，确实很好。"

我这个"知道"是来自每次课程期间学员们的分享，并没有她所传达给我的这样真切而强烈，她的话深深地触动了我。在她的鼓励下，我买了材料，开启了自己的绘画之旅。

起初看着一幅幅曼陀罗作品，心头不免有些发慌，觉得这太难了，我肯

定做不了。但为了要给孩子们作表率，我也只能硬着头皮去画。开始画一幅作品需要用三小时左右才能完成。这要是放在以前，我会觉得完全是在浪费时间。随着时间一天天过去，每天与彭丹、雪雁

张淑青老师教生态少年画"简单蓝"

（零污染家乡建设志愿者）一起坚持画画，慢慢地发现画曼陀罗其实并不难，而且变得越来越有趣。

我发现这些所谓的"难"都是自己想出来的。其实每个当下只要完成当前该完成的，不去设想还没有发生的，一步步完成当下的事，这期间就算与之前预想有出入，对于作品其实也没关系，总之最后都是一幅幅精美的曼陀罗绘画。

在这期间，我也陪伴生态少年营的孩子们一起画画，孩子们很多也是第一次画。大家起初很容易交头接耳，东看看西看看，注意力难以集中，甚至不相信自己可以画得这么好。但在一天天的坚持中，我看到了他们的改变，这给了我很大信心。

通过绘画，我感受到了他们内在的变化，孩子们变得更自信、阳光、开朗，在思维上也打破了原有设限；画得慢一点的同学也可以非常专注，不受

旁人影响；更有些原本不合群的同学也愿意打开心扉，接纳新伙伴，让孩子们之间的关系变得更融洽了。他们内在的那种美好再一次验证了艺术疗愈的魅力，这给了我很

大的力量去推广这个课程。愿更多人因绘画而疗愈自己、找到自己、接纳自己。

回到义乌后，我每天都坚持绘画。画着画着我开始觉得自己的画越来越美了，内心感受到了从没有过的喜悦，也发现自己在不知不觉中越来

第一次画"简单蓝"的孩子们的作品

越爱笑了，很多没有想明白的事也通过绘画找到了答案。突然有一天，我开始认可自己，接纳自己，容易与自己独处了。我从来没有想过，艺术绘画可以带给我这么多好处。

一个月后再回头看我的画时，发现比我想象的要好太多太多，原来我也可以画得如此美，此时我真的相信老师说的："每个人只要愿意，都可以成为一名画家！"

它带给我的感受是：绘画不仅仅是技法，更是一个让我们的灵魂得到滋养的途径。就像鲁道夫·斯坦纳博士说的："艺术不管你是欣赏，还是创作，它都是通向灵性的大门。"

亲爱的朋友们，只要你愿意，不管你年龄多大，不管你是谁，不管你在哪里，你都可以成为灵魂画家。让我们一起来绘画吧，让这个世界变得更美，让我们拥有更美好的未来。

张淑青老师在荷叶镇中心校支教

乡村学校的艺术课堂

刘佳玮

2021年10月4日，王艳萍学长、盛庆芳学长从浙江义乌赶赴莲塘，参加零污染家乡建设"生命艺术"项目组，又来到"耕读教育·点亮梦想"公益项目落地的荷叶镇中心校，为孩子们开设艺术课。

多年来，两位学长无论是推广垃圾分类还是生态农耕，都非常专注用心。现在为了乡村孩子们更好地成长，为了零污染家乡建设项目更好地落地，她们舍弃了很多，放下自己家里的事情，来到莲塘支教。在不知不觉中，给孩子们带来了成长与改变。她们发现孩子们很有灵性，艺术课可以很好地激发孩子对美的感知能力，也能让孩子们在学习之余，得到心灵的放松。

零污染家乡建设"生命艺术"项目组两位学长来荷叶镇中心校上课

王艳萍学长给孩子们上课

盛庆芳学长指导孩子们画"简单蓝"

学生作品

  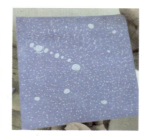

今天,让我们走进支教老师带给孩子们的"简单蓝"艺术绘画课堂。

孩子们的成长与改变,以及对艺术课的喜爱,让支教老师们非常欣喜。在荷叶镇中心校支教的这几天,王艳萍老师感受很深:"在学校里两天,发现最需要改变的是老师而不是学生,孩子们更容易引导,孩子就是一张白纸,如果因为一些小事被区别对待,长此以往孩子就会自卑、胆小、不相信自己,很多时候,我们改变一个孩子,比改变成人要容易得多。"

> 谭毅贤
>   当时想到了哈利波特,想了蛮多,但到后半段即阑进心了,事后很开心,~在累迫的学习中能这样学习绘画还是很放松滴

> 上美术课,虽然会难以下笔,但却带给人一种十分放松的感觉,让人沉浸在这种感觉,很享受。

孩子们对绘画的感受

盛庆芳老师指导孩子绘画

　　这也是每位支教老师愿意投入时间、精力,离开自己家乡,来乡村支教的原因。乡村教育,影响与改变着这个国家的未来。

中华文化瑰宝武术课

　　史璞瑜和张新帆这两个年轻人的到来,给孩子们带来了武术课。他们原来都在杭州工作,在一起时总是谈论这个社会怎样可以更好? 自己能为这个社会做点什么?

　　所以当他们了解到零污染家乡建设的时候, 就找到了自己要走的路。经过一段时间的思考,他们决定从杭州来到乡村,实现自己的梦想,用自己的力量让乡村的未来更美好。

　　史璞瑜说,他相信乡村振兴是这个国家乃至这个世界的未来,所以他带着自己的梦想和情怀来乡村工作,陪伴孩子成长。在乡村,他承担了武术、摄影课,并参与了垃圾革命项目。

　　张新帆相信在乡村也能成就一番事业, 他的梦想是成为一位公益人士。他赚取的钱除了养活自己,其他的全部投入环保、健康、教育等公益项

张新帆在给孩子们作拳术示范

目。他与史璞瑜一起,给孩子们上武术课。下个学期,他计划给孩子们开设中医课程。

史璞瑜采访实录

问:您的梦想是什么?

史:我的梦想是成为一名导演,通过影片给这个世界带来温暖和爱。

问:您为什么要参加耕读教育项目?

史:自己很喜欢乡村生活,也很乐意参与到乡村建设当中,其中乡村教育是核心板块。面对日益凋敝的乡村教育,耕读教育项目是一个很好的探索与尝试。通过记录与传播,希望可以号召更多的社会力量参与进来。

问:为什么想给大家带来武术呢?

史:因为武术是中华文化的瑰宝,可以健身、防身、养生。我已经练习了三年,很受益。通过武术,可以让孩子们掌握一定的运动技能,树立健康的意识和良好的行为习惯。

问:在这一过程中有什么让您感动的地方?

史:第一次上课时,自己有一些不自信,不知道学生们喜不喜欢。当自己为孩子们演示一些动作时,看到孩子们惊叹的表情,自己比较激动。当学生通过学习练习真正受益的时候,你就有了一种感召力,大家自然想靠近你。

有一个调皮的孩子，坐下来就跷二郎腿或者身体侧歪。每次看到，我就靠近他，捏捏他的肩膀，给他提醒，纠正他的一些不良坐姿和习惯，他感受到了我的善意，马上就调整坐姿。

问：您希望这个世界的未来是什么样的？

史：我希望每个人都身心健康，希望我们的环境越来越好。

让学生专注的棋类课

  刘序强老师是一位企业家,他事业成功以后想要回报社会,所以给孩子们带来了棋艺课程。他来自乡村,对乡村很有感情,特别想去建设自己的家乡,但是他一个人不知道怎么办,所以就来到了莲塘村。

  他明白一切的问题都是教育的问题,所以他留下来参与耕读教育项目,静下心来投入其中。

  每个人都应该有梦想,就像刘老师,因为有梦想所以从重庆的大山到了深圳,成为一名成功的企业家。他认为梦想对人来说太重要了,所以他为孩子们带来了梦想课程。

  梦想的实现需要意志力,除了让他们找寻自己的梦想,还要让他们有实现梦想的意志力。所以刘老师给大家带来了棋艺课程,让大家学会专注,培养意志力。他相信孩子们会越来越有定力,越来越有智慧。

刘序强老师采访实录

问：您的梦想是什么？

刘：最早的梦想是建立一所大型幼儿园，后来因为机缘进入美乐爱觉幼教公益平台，就开始与幼教关联了。我来自农村，我的家乡在重庆山区，后来去深圳工作，就在那里安家落户了，但还是想回家乡做一点事情，希望家乡的孩子们能接受好一点的教育，希望老人们得到照顾。

我的第二个梦想是在家乡成立一个美乐爱觉式养老院，让老人们得到照顾。有机会也研究一下生态农业，从事自己喜欢的环保事业。

问：您是一个成功人士，有很多公益事业可以做，为什么选择乡村教育这个项目？

刘：与零污染家乡建设公益团队结缘是在2021年4月的惠州养生班，这个平台与我自己的理念基本一样：教育、健康、环保。因为疫情等原因，原来服务的公益平台暂停了，就在这个平台继续从事教育行业，到山区学校开展支教工作。做一点有价值的事情，让自己生活变得更有意义，是我长久以来的夙愿。所以有空我就会来莲塘。

虽然山区条件艰苦一点，但与这群支教老师在一起生活、一起工作，还是很开心的！

问：在支教过程中您有什么感受？

刘：见到湖南山区荷叶中学多数是留守孩子，我心里很沉重。在教孩子过程中，支教老师自己可以得到精神上的一个洗礼和成长。因为我们来自农村，为了走出山区，学习非常勤奋，而现在这个学校许多孩子似乎找不到人生的方向。

我们几个支教老师住在学校，跟孩子们交流了很多，因为他们就在我们宿舍旁边，平常喜欢过来聊天。这个班级绝大部分孩子不想读书、爱打闹、喜欢手机游戏、与父母关系不好、缺乏理想……这跟我们小时候的情况有很大不同。这些学生之前接触的负能量比较多,我们希望能用爱和关怀唤醒他们,帮他们疏通与父母之间的关系。

我在这个学校上棋艺和励志课程,首先希望能让孩子们找到兴趣爱好,然后再学习。其次希望带孩子们安静地思考自己的未来,逐步引导他们树立理想,找到自己的人生目标,也希望能协助孩子们做一些具体的学习、成长、人生规划。有时间我也跟其他支教老师一起做家访,希望家长能配合支教老师,让孩子们建立好三观,最终让孩子们走上正确的生活轨道。

另外一项工作就是到学校批改德育考试考卷。我们支教老师不仅会留意同学答题对错,还留意他们的一些思想问题,再想办法做一些具体帮助工作。

问:这个过程中最让您感动的一两件事情是什么?

刘:有个叫谭雨欣的学生,她父亲因为犯事进了监狱,妈妈很早就离开家了,就剩下一个奶奶在家。家访的时候她奶奶接待我们,跟我们一起聊了她们家庭的情况。雨欣是一个懂事的孩子,在聊的过程中,很懂事地陪伴在

奶奶身边,帮助解说我们听不懂的地方话。我给了她一点物质赞助,留了联系方式,希望能让她能顺利完成学业。

另外一个学生叫谭奥伟,参加过我们夏天的"生态新少年"夏令营,他是红军后代。他有空常到我那里去聊天,我们也去他家做过家访,给他鼓励。他的梦想是当一名优秀的人民教师。这个学期谭奥伟进步比较快,成绩在班里名列前茅。

问:您觉得你们进入学校,会带来什么变化?

刘:教育需要沉淀,并做好陪伴,所以这学期我一直住在学校。虽然只有几个月,但变化还是挺大的。

首先,孩子喜欢并认可我们这群支教老师,孩子们愿意跟我们交流。孩子们觉得我们这批老师跟他们真的融为了一体,这让我们感到很欣慰。

学校的氛围也有了很大变化,包括集体朗读《弟子规》、穿校服、使用文明用语等。中国讲究百善孝为先,通过读《弟子规》,学生们变得更加文明礼貌。

还有就是在我们支教的中学部,学校环境变得比以前干净整洁了。

有一次我们去邻近的鲁塘镇,有一个学生跑过来打招呼问好,让我们支教老师很欣慰。

问:您的座右铭是什么?

刘:我的座右铭是:只要心中有爱,才知生命尽是天籁! 教育就是一盏灯点燃另外一盏灯,让世界因我们而美丽!

荷叶中心校棋类项目三年计划方案

刘序强

1.项目目的

棋艺是一项集益智、娱乐、德育为一体的综合性竞技活动,对学生的思想品质、心理品质、智力发展和身体素质均有积极的影响,能让学生找到兴趣和爱好,安静思考,寓教于乐,减少心理负担。我们说,考试考砸了,会遭到父母的责备,下棋也会输棋,但没有学生因此而受到责备。荷叶中学成立了棋艺社团,棋类运动在荷叶中学有序开展,包括围棋、象棋、军棋、跳棋、五子棋等。运用棋艺培养中学生的健康心智,塑造他们的良好品质,进行人生观、世界观和价值观教育,促进学生身心健康,推动素质教育有序开展。

2.项目宗旨

棋艺社团宗旨:以棋育人,以棋修身,以棋养德。

(1)让学生了解棋艺,了解各类棋艺的历史与文化。

(2)让学生在活动中发展智力,陶冶情操,培养良好的意志品质。

(3)根据不同同学的兴趣与爱好因材施教,让学生了解各类棋的技巧,提高棋艺水平。

(4)每个学期举办一次比赛,对进步快、成绩好的同学给予物质与精神奖励。

(5)多鼓励表扬,相信同学们能成为棋艺好手。

(6)培养并选拔学校棋艺好手,开展对外交流。

(7)创建棋文化特色学校。

3.实施步骤

计划分三年实施,第一年(2021年至2022年)为试点普及年。

第二年(2022年至2023年)为巩固发展年。

第三年(2023年至2024年)为提高总结年。

2021年试点普及:

A.制订规划方案,完成棋类项目三年设计;宣传棋类活动意义,调动学生参与的积极性。

B.分阶段开展活动:

第一阶段:兴趣班。

荷叶中学许多孩子热爱棋类,但基本属于娱乐性质;成立棋类社团,吸引较多学生参与进来学习棋艺,包括围棋、象棋、军棋、跳棋等;棋类活动的初期目的是调动学生兴趣;严肃课堂纪律,为下棋提供良好环境。

第二阶段:棋类基础班。

开展棋类专业知识讲解,分类开展棋类培训。

(1)讲解棋类规则及棋文化,训练学生思考、反应等能力,培养正确的生活习惯。

(2)计划 2021 年 12 月开展内部象棋比赛,优胜者给予奖励。

(3)招募并培养棋类项目老师。

2022 年巩固发展:

每类竞技棋类由专业老师讲解教学,号召有兴趣的学生家长抽空参与棋类活动,比如亲子比赛等活动,与同学们开展棋艺交流切磋,让同学们适应不同风格的棋手,提高棋艺。

第三阶段:棋类专业精英班。

选拔成绩优异的同学组织特训班,树立榜样;发挥榜样的力量,以他们的力量去带动更多同学。

鼓励有条件的家庭为学生配置棋盘,购买一些棋类书籍。

留心并记录学生的成长变化,注意把课内学习延伸到课外实践活动。

2023 年提高总结:

总结 2021 年至 2022 年教学经验,不断增加棋类学生参与数量,为成绩优异的学生建立档案库。

送成绩优秀的学生对外交流,努力获取专业等级。

4.组织管理

做好棋类社团建设,凝聚团队力量,无私奉献、乐在"棋"中。培养一批积极分子、活动骨干,不但爱好棋,更把弘扬国粹、培养青少年、普及发展棋类事业作为自己的目标。

成立棋类专业社团,建立棋类社团学生团队班子:

棋类社团班主任一名,负责棋类班级组织管理。

棋类社团班长一名,协助班主任、协助老师开展社团日常活动。

副班长二名,协助班长并按照以下工作分工:

一名负责社团学生信息收集,上课点名,新进学生的登记等。

一名负责棋具领取、分发、收集、借出等。

围棋小组长一名、象棋小组长二名、军棋小组长一名、跳棋小组长一名、五子棋小组长二名。

5.社团意识建设

(1)"四个意识"

一是"规则意识",让大家自觉养成遵守法纪、维护规则的习惯。

二是"大局意识",引领学生胸怀天下、顾全大局、不计个人得失。

三是"忧患意识",警醒学生居安思危。

四是"角色意识",让学生找准角色定位,团结合作,各司其职。

(2)预期实现的"二大变化"

一是学生变得更加自律、活泼、善思(在棋文化熏陶下,学生养成主动思考的习惯和独立解决问题的能力)。

二是学生变得更加大度、纯净、和谐(棋文化融入学科教学实践、校园文化建设)。

通过开展棋类活动,创建棋文化特色学校,促进学校素质教育提升,为荷叶中学在素质教育名片上增添浓墨重彩的一笔;提升中华传统体育项目的文化影响力和辐射力,让中国棋文化得到彰显!

生命内在美的生长

——人文课(茶道、经典诵读)

杨永珍　项志如

荷叶中心校经典诵读三年计划方案

项志如

1.项目目的

中华民族传统文化是人类的智慧、世界的瑰宝,对家庭、国家和社会的和谐能起到巨大的维系和调节作用。中华经典承载着中华民族精神,是建设社会主义文化的宝贵资源,是对青少年进行伦理道德教育的重要载体。

开展中华经典诵读活动,对于传承和弘扬中华民族优秀传统文化,增强民族自豪感和文化自信心,提升广大青少年的道德素养,净化社会风气,构建社会主义和谐社会具有重要意义。

2.项目宗旨

以文化人,以文育人。

3.实施步骤

项目分三年实施。

第一年:诵读、解读、践行《弟子规》,全校学生参与诵读《弟子规》,练习《弟子规》字帖。

通过《弟子规》的诵读,让学生明白做人的道理和准则,找到做人的依据;通过描红《弟子规》字帖,在让学生明理的同时,体会中华书法的神奇和伟大,练就一手好字,更好地服务社会。

预期目标：

学生可以背诵、讲解《弟子规》，提高书写水平，养成良好的行为习惯。

第二年：诵读、解读、书写《论语》。

《论语》是记述孔子思想的经典，奠定了中华文明基本的价值观，学生学习《论语》，让孩子树立远大的人生目标，并为之不懈奋斗；让学生懂得主动学习，主动思考；让孩子掌握与人交往的规则和方法；让孩子学会自我反省和自我教育成长。

《论语》现已进入中小学课本，在中考和高考中所占比重越来越大，通过诵读、书写《论语》字帖，可以全面提高学生的综合素质和能力。

方法：

（1）每天利用读报时间诵读《论语》。

（2）学习郭继承老师的《论语》讲解。

（3）每天书写《论语》字帖。

预期目标：

学生都能熟读《论语》，明确其中的道理，提高语文成绩，提高书写水平。

第三年：诵读《黄帝内经》。

《黄帝内经》是中国最宝贵的生命科学典籍，在医学史上被称为"医家之宗""医家之本"，蕴含着丰富的养生智慧。

预期目标：

（1）学生掌握正确的生活规律。

（2）学生掌握正确的养生方法。

通过三年的经典诵读和字帖书写，使学生开启人生智慧，拥有健康的心灵身体，真正实现立德树人。

感恩节敬茶活动方案

感恩节起源于美国,是表达感恩和祝福的节日。

素有"礼仪之邦"之称的泱泱中华,有着数千年的文明史,尊师重道的传统更是深入人心。《礼记·学记》云:"凡学之道,严师为难。师严然后道尊,道尊然后民知敬学。"在长期的历史过程中,形成了一套严格的规范礼仪,拜师礼就是其中一种。

古代拜师礼序为:(1)拜祖师、拜行业保护神;(2)行拜师礼;(3)师父训话,宣布门规及赐名等。在行拜师礼时,徒弟会给师父献上一杯茶。上茶时,要求上茶人举杯齐眉,以腰为轴,躬身将茶献出。

以茶敬师,为传统道德的体现。拜师茶多为荔枝和红枣一起冲泡的茶水,寓意为"早点励志"。

在这个感恩节,荷叶中学的学生们通过敬茶活动,来表达对恩师的感谢、对母校的感恩!

活动组成员

1.活动顾问:谭宜永

2.组长:郭泽宇

3.副组长:何小娟、袁永康、张淑青

4.组员:王国青、杨永珍、项志如

5.指导老师:杨永珍

6.敬茶者:荷叶中学茶艺社团

7.摄影:邱郭伟瑶

8.LED:周睿

9.主持:项志如

10.音响:周睿

11.美篇:曾伊雯

活动时间和流程

1.时间

2021年11月25日晚六点十分至七点五十分

地点:多功能报告厅

参加人员:校领导、所有班主任、部分学生

2.流程

(1)学生向老师致感恩词。

(2)向二十位班主任敬茶。

(3)向老师奉送礼物。

(4)党支部书记郭泽宇作总结。

感 恩 老 师
——感恩敬茶活动学生蒋俊波的演讲

鲜花感恩雨露,因为雨露滋润它成长;苍鹰感恩长空,因为长空让它飞翔;高山感恩大地,因为大地让它高耸;我们感恩老师,因为老师打开了我们智慧的大门,让我们在知识的海洋里遨游。在我的成长历程中,浓浓的师爱一直伴随左右。

同学们,每天清晨,当我们还在沉睡时,保洁阿姨已经打扫好楼道。整洁的校园、优美的环境让我们心情无比舒畅。每天食堂的叔叔阿姨们总是为我们做出含有丰富营养的可口饭菜。当我们的桌椅、门窗、灯管出现损害时,负责后勤的叔叔总是在第一时间为我们修好,让我们安心学习。我们各科老师和班主任们辛苦地在三尺讲台上奉献着他们的一切。忘不了当我们遇到困惑与迷茫时,是老师为我们指点迷津;当我们因成绩进步而骄傲时,老师及时点拨让我们清醒;当我们遇到挫折时,老师帮我们撑起前进的风帆;当我们身体出现不适时,老师嘘寒问暖,送医送药。有的老师为了辅导我们的功课而无暇顾及自己的身体。他们这种忘我的精神让我们心中充满了敬佩和感激。老师是我们成长道路上的引路人，他们教我们做事，教我们做人，引导我们走好人生之路。

荷叶中学的同学们互相帮助，和睦相处，团结友爱蔚然成风，有的同学生病了，同学们自动为他跑前跑后端菜端饭。有的同学学习遇到困难，学习好的同学就无私地、不厌其烦地为他讲解，为的是不让每一个同学掉队。拾金不昧等好人好事也经常出现。在学校，我们每时每刻都在感受着学校领导、老师、同学们的关爱。面对他人的关爱和付出，难道我们不应心存感激吗？可是，在我们周围也出现了一些不和谐的现象：有的同学搞恶作剧损坏老师的照片，有的同学把饮料瓶扔在便池里造成下水道堵塞，还有个别同学以大欺小、以强欺弱。试问这些同学，当你做出这样的不良举动时，你没有感到这是没有教养的表现吗？这难道是一个中学生该有的行为吗？我们千万不要再把这些归结为小事，不要再不屑于这些发生在我们身边的点点滴滴。人人都希望得到别人的尊重和认同，你我如此，更何况那些用自己的汗水辛勤耕耘的园丁呢？在我们的学习过程中，经常会听到埋怨老师"作业太多""要求太严"的声音，是的，为了让我们打好基础取得好成绩，有的老师可能有过一些特别严厉的举动。面对做不完的作业、无休止的考试、令人不满意的排名、老师的一次次谈话、不停地补课、晚自习，这一切都意味着枯燥乏味，意味着疲惫不堪，意味着汗水甚至泪水……但是，我想说的是，当我们奋力拼搏的时候，我们的老师也和我们一起在学习的战场上冲锋陷阵。

我们的老师都很普通，但记住了他们，就记住了什么叫善良，记住了什么叫奉献，记住了什么叫百折不挠，记住了什么叫坚韧不拔。这一切，都是老师教给我们的比知识更重要更宝贵的人生财富！

在这样的时刻，我代表全体同学，向我们尊敬的老师们说一声："老师，你们辛苦了！我们深深地感恩你们！"

亲爱的老师们，因为有了你们，世界才变得如此美丽，混沌之中才有了指路明灯，迷茫的夜空才有了永恒的北斗。你们肩负着神圣的使命，肩负着祖国的未来,肩负着历史的重任,一代又一代的少年在你们的呵护下健康成长,奔赴远大前程。

通过在荷叶中学的学习,我终于明白了"春蚕到死丝方尽,蜡炬成灰泪始干"的道理。因为你们所从事的事业是默默奉献和无私牺牲。我发自内心地感激你们!感谢你们为我们所做的一切!将来,无论我成为参天大树还是低矮灌木,我都将以生命的翠绿向你们祝福!

千言万语无法表达我们的感恩之情,请你们接受我们深深的一躬!

涓滴之水成海洋,颗颗爱心变希望

——2021 年下期荷叶中心校图书捐赠活动

图 / 文:曾伊雯　初审:何小娟　终审:郭泽宇

读书是学习,读书是充实,读书是体味文化,读书是回顾历史,读书是精神的旅行,读书是思想的驰骋,读书是与前人交流,读书是灵魂的感悟。

读书可以滋润心灵、开启心智、提高素养、充实生活、丰富精神、淡定从容、明辨是非。读书能使人时时闪烁着生命的光辉,让人欣赏到不同的生命风景,从而使自己灵魂欢畅、精神饱满。

为创造良好的读书环境,荷叶中心校于 2021 年 12 月 6 日举办了图书捐赠活动。

活动在欢乐的氛围中进行,安全与德育处何小娟主任发言,强调要爱护书籍,保护好本班的图书角,养成良好的习惯。

二〇九班学生表演了《感恩的心》,感恩社会人士的捐赠。支教老师代表项志如、王艳萍上台发言,给孩子们鼓励与祝福。支教老师顾家勇为孩子们颁发了书籍。

学生们高高举起手中的书,表达喜悦。

活动结束后,学生热情地整理书籍。

书香已在校园飘逸,读书热潮将为荷叶镇中心校校园文化增添一道亮丽的风景线。通过这次活动,我们提高了学生的阅读兴趣,让校园充满了书香。相信同学们在今后的生活中定会养成读书的好习惯!

图书捐赠活动方案

读书是学习,读书是充实,读书是体味文化,读书是回顾历史,读书是精神的旅行,读书是思想的驰骋,读书是与前人会心的交流,读书是自我灵魂的感悟。

读书是涵养静气的摇篮,读书可以滋润心灵、开启心智;读书可以增长知识,去除无知,提高素养、除去愚昧、充实生活、丰富精神、减少空虚、淡定从容、明辨是非。

读书能使人时时闪烁着生命的光辉,让人欣赏到不同的生命风景,从而使自己灵魂欢畅,精神饱满而充盈。

为了让荷叶中学的学生"腹有诗书气自华",成为"秀外慧中"的热爱读书的国之栋梁,在荷叶中学和耕读教育支教团队的共同努力下,陆续在班级里建立图书角,本次共募捐了适合初中生阅读的优秀图书300多册,首先在209、210、218三个班建立图书角。具体事项如下:

一、活动领导小组:
1、活动顾问:谭宜永、侯少飞
2、组长:郭泽宇
3、副组长:袁永康、何小娟、陈晟、王艳萍
4、组员:王国青、张淑青、刘序强、杨永珍、项志如
5、摄影:曾伊雯
6、开门、LED:周睿
7、主持:何小娟
8、音响:周睿
9、美篇:曾伊雯

二、活动流程
1、时间:2021年12月6日下午读报课
2、地点:多功能报告厅
3、第一批图书角建立班级:209班、210班、218班班级
4、活动流程
1)安放书柜;
2)支教团队将图书捐赠学校;
3)班主任安排图书角的管理事宜,聘任图书管理员;
4)手语舞表演《感恩的心》。
5、各班图书角两个月交换一次。
6、根据图书捐赠情况,其他班级陆续设立图书角。

三、活动要求:
1、图书角管理制度完善,图书合理流通,保存完好。
2、每个班级轮流组织,定期举行读书会和朗诵会。
3、先建立图书角的班级,负责帮助后建图书角的班级建立图书管理制度和管理员培训。

湖南省郴州市桂阳县荷叶镇荷叶中心校荷叶中学

2021年12月1日

支教一周的她，让孩子们依依不舍

刘佳玮

近日，重庆的韩维老师为荷叶镇中心校的孩子们开展了红色教育——"红岩精神·永放光芒"主题课堂。韩维老师声情并茂的讲解，将红岩精神所蕴含的丰富革命精神和厚重的历史文化带给了这些孩子，让孩子们从这些真实的历史故事中感受到了革命前辈善处逆境、宁死不屈的英雄气概。

从重庆开车十五个小时来到湖南省郴州市桂阳县荷叶镇中心校的韩维老师，第二天早上直接来到学校上了三节小课、一节多媒体教室的大课，为乡村学校注入了红色文化基因。

孩子们聚精会神地听韩维老师讲课

当韩维老师讲到江姐为革命英勇献身的时候，孩子们无不热泪盈眶。最后，一个小姑娘主动上台分享，表示自己将来一定要成为像红岩英烈这样的人，为人民服务。

韩维老师的最后一堂课讲完了，孩子们依依不舍地跟韩维老师告别。

孩子们依依不舍告别韩维老师

韩维老师和张翔贵老师叮嘱孩子们

虽然只来了一周，但是韩维老师几乎每天都在上课，马不停蹄地把真正的红色教育带进荷叶镇中心校的课堂。

自己制定规矩的人文课

项志如

虽然每所学校都有校规校纪，但很少听说学生上学需要自己制定规矩。聪慧的杨老师在人文课上却领着孩子们自己制定班规和课堂守则。这到底是怎么一回事呢？

无规矩不成方圆。但现在孩子们的自我意识强，规矩意识差，受西方思想影响，部分孩子片面追求享受、自由和平等，而爱国、爱党和纪律意识显得相对薄弱。

所以，杨老师的人文课里有一节班级特别的人文课——老师带领孩子们为自己立规矩，然后自己遵守。

224

可爱的荷叶少年

　　孩子们愿意参与立规矩吗？他们知道什么是对、什么是错吗？上课之初还存在这样的疑虑，上课不久我们就感受到了老师的引领作用和孩子们强大的行动力。孩子们积极参与，而且提出来的观点非常中肯，他们知道课堂存在的问题、知道做人的基本原则、知道怎么让自己更优秀，很快学生们就为自己制定出了班级课堂规矩。

孩子们按照自己制定的规矩收拾桌面

规矩只是手段，自律才是目的。因为自律是一个人成功的基本条件。好的规矩要有好的执行力才能发生效力。制定完规矩，杨老师带领同学们组建执行和监督团队。学生们非常积极，乐于参与，愿意为自己班级的美好而努力。

现在孩子们都在为自己班级发展献计献策，课堂氛围越来越好。通过这堂课我们发现孩子们也学会了思考、分析和担当，我们相信他们未来的发展会更全面。

行动产生力量、智慧、效果。短短三十分钟，班级就发生了很大变化：桌面整洁了、学生坐直了、笑脸绽放了。

建设零污染校园的环保课

吕明原先是一位老师,由于生活压力选择了创业。创业成功以后她觉得钱不是最重要的,所以当她觉得钱够用的时候就投身公益,去大凉山支教。后来学习了垃圾分类的方法,让她更加清楚团队的重要性。

之后,吕明来到莲塘村,成为莲塘零污染村庄项目的负责人。她是一个非常有天赋的教育工作者,是一个非常会陪伴孩子、引领孩子的老师。她把环保课带进学校,给孩子们讲垃圾分类、厕所清洁等重要意义。

乡村的孩子真的不一样,他们非常愿意行动,不管是清理垃圾还是清洗厕所,都做得非常认真。在支教老师的带领下,学校环境发生了改变。吕明相信环境的改变一定会影响孩子们的心灵,这些孩子的生命也将会有不一样的成长。

吕明说,耕读教育她只是做了一点点,希望有更多的朋友来参与。

清理垃圾 改变人生

——吕明采访实录

问：吕明老师，您在这世间最大的愿望是什么？

吕：我最大的愿望就是生命绽放，临终时回想这一生不留什么遗憾。

问：临终时候不留遗憾就是您的梦想？

吕：对。想到了就去做，然后做到不能做为止。

问：其实您可以做的事情很多，您为什么会参与零污染建设项目？

吕：去年（2020年）参加"绿动中国万里行"，到了一个寨子里，看上去都是青山绿水，但呼吸的空气却让我出现了中毒症状。

这次经历让我意识到我们现在的环境存在很多问题，食物也有很多问题。我参与零污染建设，就是希望以后不管走到哪个地方都能吃到安全食物，都能够呼吸到清洁空气。希望有更多的城市、更多的乡村适合人居住，大家都能够颐养天年。

问：目前的乡村教育给您带来什么样的思考？

吕：我生活在城市，在以往的生活当中很少接触到乡村，跟乡村的直接

联系很少。来到这边后,感觉到我们所在的村庄是"空心村",只有老人,年轻人和孩子很少。未来村庄何去何从？令人担忧。这是第一点。

第二点是发现乡村孩子的梦想好像跟乡村没有什么关系,更令人担忧的是有很多留守儿童缺少关爱。我们现在更多的是去陪伴孩子们,让他们从心底里能够升起爱,然后用爱去温暖一切。爱可以解决很多问题,可以让这个世界更温暖。

问:您为什么选择环保课?

吕:现在整个世界的污染都很严重,这种污染不仅是外在环境的污染,也是我们内心的污染,人心受到很多不良东西的侵袭而变得不再纯净。

去做环保这一块看似是在净化我们外在的环境,其实更多是在净化人的心灵,让人的情绪更加稳定,用良性的心态来面对世界的变化。清理垃圾,其实就是在消解我们内心的不良情绪的过程。

问:在支教过程中,有没有让您特别感动的事情?

吕:这几个月的支教其实并没有给孩子们直接带来分数上的提高。学校的主流是应试教育,因为我们绝大部分的求职都跟学历有关。

应试教育这一块我们没有去涉足,我们涉足的是一些有益于人一辈子的课程。就以环保课来讲,我们在生活当中会遇到很多不开心的事情,如果他们有办法消解自己的不良情绪,这对社会是很有益的。

虽说没有直接给他们上应试课程,但是他们变得开朗了、积极了、乐观了,遇到困难不是逃避,而是积极寻找解决方案,他们的学习成绩一定会有一个提升。

问:您觉得耕读教育项目会给学校带来什么样的改变?

吕:应试教育对他们未来的生存很有帮助,而耕读教育这一块更多的是通过各种方式各种课程来滋养他们的心灵,让他们内在更有力量,然后用这种力量去克服他们面临的种种问题。

与我们小时候相比,现代人的心理问题比以前更突出,抑郁症、狂躁症比比皆是。一个人的灾难看似是一个人受伤,实际是一个家庭甚至一个家

族的灾难。如果大家都有能力处理好这种问题，不仅自己好了，家庭也会幸福，社会也会更加稳定和谐。

问：您对未来世界有什么样的祝福？

吕：希望这个社会越来越好，人与人之间关系更和谐，每个人都能颐养天年。

荷叶镇中心校零污染校园项目三年计划方案

吕 明

1.项目意义

每个人无论男女老幼，贫富贵贱，都渴望有一个家。

面对全球环境日益恶化，"绿化地球，暖化人心"的教育迫在眉睫。孩子是未来的主人，未来的世界是怎样的，与我们今天的教育息息相关。垃圾，从心理上来说，就是消极的情绪，对于外在来说，就是地球上不能消解的东西，将外在环境清理干净，内在情绪也就好了。

在荷叶镇中心校推广零污染校园建设,是我们在体制内学校的一种尝试。希望通过我们的努力和全校师生的实践,实现净化校园环境、提升环保意识的目标,同时净化学生们的心灵。一个孩子影响一个家庭,孩子的变化会带来家庭的变化,从而带动整个荷叶镇群众环保意识的提升。

2.组织架构

顾问:郭泽宇、谭宜永

工作人员:张淑青、吕明、各班环保小组成员

3.实施步骤

第一学年(2021 年 9 月至 2022 年 7 月)

垃圾分类习惯的养成:

1.在学校建立一个资源回收中心,进行垃圾分类。

2.在每个班至少上一次环保课。

3.在各班组建五人环保小组,设置组长、副组长、宣传干事、组织干事(二人)。在班级做好垃圾分类,并将分类好的干垃圾送到资源回收中心。

4.把新鲜厨余垃圾做成环保酵素或酵素堆肥。

5.环保小组成员必须学会垃圾分类的宣讲内容,可以自主宣传垃圾分类。

6.完成新教学楼两间厕所的清理,并由环保社团协助学校维护。

7.每个班级负责维护一个厕所的卫生,每半个月打扫一次。

8.每学期每个班维护厕所卫生一次。

9.培训环保社团制作手工皂二次。

10.每学期环保社团完成二次手工皂制作,可以义卖或做成礼品赠送老师。

第二学年(2022 年 8 月至 2023 年 9 月)

教师队伍的成立及食堂的改建:

1.老师参加垃圾分类的宣传,学习环保清洁剂的制作及使用。在学校内

指导学生使用环保酵素进行卫生清洁。

2.环保酵素进入食堂,食堂管理人员学会制作及使用环保酵素。所有蔬菜水果用环保酵素浸泡,去除农药化肥虫卵等。

3.食堂用环保酵素进行清洁,去除异味。

4.老师指导学生使用环保酵素清理厕所,清除异味,并由专人管理,保持厕所清洁。

5.完成新教学楼四间厕所的清理,并由环保社团协助学校维护。

6.每个班级负责维护一个厕所的卫生,每半个月打扫一次。

7.每学期每个班维护厕所卫生一次。

8.培训环保社团制作手工皂二次。

9.每学期环保社团完成二次手工皂制作,可以义卖或做成礼品赠送老师。

第三学年(2023 年 9 月至 2024 年 7 月)

家长参与制作使用环保酵素:

1.学生自主在村里宣传推广环保清洁剂的制作及使用,带动父母一起制作环保酵素。

2.宣讲农药化肥除草剂对土壤、环境和人类的破坏,学会堆肥,帮助父母一起改良土壤。

3.家长能够主动宣传环保酵素的制作及使用,宣传堆肥对土壤、环境、人类的好处。

4.每个班级负责维护一个厕所的卫生,每半个月打扫一次。

5.每学期每个班维护厕所卫生一次。

6.培训环保社团制作手工皂二次。

7.每学期环保社团完成二次手工皂制作,可以义卖或做成礼品赠送老师。

零污染校园实施方案 2021

　　零污染校园是一项系统工程,包括心态平和、班级环境美好、师生同学关系融洽、生活方式正确、饮食方式正确、垃圾减量、垃圾分类、校园环境整洁,等等。需要全校师生树立良好的环保理念,掌握正确的垃圾分类方法,养成垃圾分类的良好习惯。这个工程需要较长时间才能真正实现,所以先试点,逐渐推进零污染校园工作,最终完全实现零污染校园。

零污染校园试点实施方案如下:

1.宣传

(1)学校所有班级进行一次"环保知识讲座"。

(2)创建一个零污染校园展示厅。

(3)校园内宣传画上墙。

2.垃圾分类

在校园内外垃圾投放点进行垃圾分类,包括资料上墙、分类指示、设立垃圾箱、具体实施等。

3.样板班级

　　班级是孩子们共同学习和生活的地方,班级环境时刻影响着孩子们的状态,是零污染校园的重要组成部分。先选取一个班作为样板班级,为全校师生树立一个好榜样。

(1)样板班级:二三〇班。

(2)美化时间:11月1日,周一第五节课。

(3)活动内容:

①引领学生自己整理完善"班级人文条例"。

②具体活动:教室房顶、墙壁清洁,讲台、讲桌清洁,地板清洁,桌椅清洁,洁具清洁,洁具摆放,窗户清洁等。

4.样板楼

(1)样板楼:新教学楼。

（2）美化时间：周二下午第五、六节课，周五下午第五节课。

（3）行动班级：二三〇班、二三二班、二三三班。

（4）具体活动：房顶清洁、墙面清洁、地面清洁、扶手清洁、门外侧清洁。

5.样板厕所

（1）样板厕所：新教学楼四间厕所。

（2）美化时间：周四下午第五节课、周五下午第五节课。

（3）行动班级：二三〇班、二三三班。

（4）集体活动：房顶清洁、墙壁清洁、便池清洁、小便池清洁、纸篓和洁具清洁、地面清洁、洗手池清洁等。

6.成立环保教育社团，负责校园内环保知识的宣传、垃圾分类的宣传和工作指导与监督

7.工具需求

（1）抹布三十块、胶手套三十副、钢刷三十个、长扫把四把、喷壶五个。

（2）一次性口罩一百五十个。

打扫厕所，是内心清理的过程

吕明采访实录

问：吕明老师，您以前打扫过这样的厕所吗？

吕：说实话，我还是第一次打扫这么脏的厕所。

问：在打扫厕所的过程中，您有怎样的感受？

吕：在打扫过程中，我觉得也是清理自己内心的一个过程。刚开始内心还有点抵触，学生说臭，我也觉得很臭。因为打扫厕所的过程没有戴口罩，没有戴口罩的原因不是没有，主要是想获得更真切的感受，从而在这个过程当中丰富自己。

时间稍长一点后，感觉就没那么臭了，我们借助环保酵素，进行了深入地冲洗。当看到便池边上的污垢被铲下来，露出瓷砖本色的时候，觉得特别舒畅、开心。

在我们清理厕所的过程当中,孩子们一直在进进出出。可能是因为老师一直在喷洒环保酵素,不像此前那么臭了,或者是被我们感动了,陆陆续续有学生参与进来,后来参与的学生越来越多……

通过清理厕所这件事,我认识到零污染校园的建设,首先要有人行动起来,然后才能带动更多学生参与这活动。

问:零污染校园建设完全可以从厕所革命开始。厕所打扫完后,您在离开的那一刻,心里有什么感受?

吕:特别希望所有的人都来参观一下!

问:再脏再乱的厕所,只要我们去做,是可以打扫干净的。对吗?

吕:对!而且我们人也是一样,烦恼再多,只要愿意,也会清理干净的。

我们一开始设想的是,带领学生们一起打扫厕所,只要安排学生做,他们就一定会去做。后来想到自己都那么抵触,很难要求学生做到。

其实这个时候更需要榜样的力量,我们带头清理厕所后,带动了二三十个学生在里面清理。我们一直在清理,这种行为让孩子们觉得清理没有那么恐惧。而当孩子们刷便池的时候,就让更多人看到没那么难,所以他们也就弯下腰干了。

在离开的时候,很多孩子一边洗手一边说:"再清理厕所的时候一定要叫我们!"这是劳动后的喜悦,是克服畏难情绪后的成熟。

清扫厕所，让我跨过了一道坎

张淑青采访实录

问：张淑青主任，清理厕所这件事让您有什么触动？是不是还像清理之前那么焦虑？

张：刚开始当然焦虑了，因为此前听说过一些清理厕所的事情。

这次说要在学校清理厕所，项老师说曾经做过，于是我就很爽快地答应了。后来项老师手受伤去不了，我就觉得压力好大，做肯定要做，怎么才能更好，我当时心里没底。

为了此项活动我还特意买了双雨鞋，其实根本用不着雨鞋，清理厕所也不用下到沟里去。刚看见那些粪便时，心里很排斥，把周边清理干净后，再把那些粪便清掉，刚开始做的时候心里有些抗拒。

做了一会儿，我去教室叫孩子们来，他们不愿意，说要写字。我猜可能是项老师没有交代清楚吧，所以当时就发了脾气。

回想起跟孩子们发火，我觉得挺对不起孩子们。一直以为是我做给孩子们看，没有说要他们去做，但是当他们连进都不进去的时候，我就有了情绪。我的想法是让他们看我如何做清理，他们不看，我就急了。

后来我才明白，我不是做给他们看，而是让我自己去做，做给我自己看。后面我才想起张孝德教授说的一句话："我们不是去让孩子怎么样，是我们要内求。"

问：您在还没有做之前，有很多纠结和痛苦，不过当你蹲下去做的时候就不一样了！当您做完之后，您的感受是什么？

张：做完后，感觉很平静和充实，因为跟之前的设定是不同的。或许刚开

始我的要求太高了,所以事后坐下来想一想,虽然没有让我太开心,但看到用铲子铲掉一块块顽固污垢的时候,内心还是充满了收获。

很多时候恐惧是自己想出来的,某些虚无缥缈的东西反而把自己吓住了。

问:对您有什么启发?

张:无论做什么事都不要怕字当头,提前设定太多,可能会先把自己吓倒。不要掺杂过多想法,任何事情都没有那么难,难就难在不愿意迈出第一步。

问:所以恭喜您!祝贺您又提升了新境界!

张:我又向前迈了一步!一道坎又迈过了!说明我在不断前进,这是最令我开心的事情。

做合格的时代接班人

—— 顾家勇采访实录

问：是什么样的原因让你来到这边？

顾：我在监狱工作了四十年，一直从事对罪犯的教育改造工作。工作期间，我感觉到有些人之所以犯罪，是因为法制观念淡薄，造成了他们不守法直至走上犯罪道路。

工作期间我就经常考虑如何加强法制教育、预防青少年犯罪这一问题。这次衢州的志愿者王艳萍老师找到我，说这里需要法制志愿者老师，正好符合我的心愿，所以我就来到这里支教，给学生上法制课。

问：上课以后学生有什么变化？

顾：学生对法制课虽然很感兴趣，但是很懵懂，法制这个观念还没有完全树立。通过这一次上了三四个班级的法制课后，至少让学生头脑中有了法制意识，能够自觉地遵守课堂纪律，尊重老师，遵守社会公德。

238

问：你怎么理解目前的乡村教育？

顾：我认为乡村教育这一块应该引起全社会高度重视。特别是有识之士要发挥自己的聪明才智，来改善我们的乡村教育，青少年要从小培养劳动习惯，以适应这个社会。

问：你觉得我们现在这个耕读教育项目对学校和当地社会有什么价值？

顾：我认为实施耕读教育这个项目意义十分重大。不仅有现实意义，而且有深远的历史意义。针对地域广袤、乡村教育相对薄弱的中国现状意义尤其重大，这项活动的实施能够使乡村孩子逐步融入现代化建设当中去。

问：你对这个世界有什么期待？

顾：我期待通过耕读教育这个项目，能够使人与自然的关系更加和谐，使我们的世界更加美好。

建设三亲教育南方样板
——潭溪小学

小学部三年支教规划

项志如 钟运芳

"建国君民,教育为先"。教育是国之根本,教育是国之大计。中国自古就非常重视教育,教育方法也是百花齐放。

中共中央党校张孝德教授、北京师范大学肖淑珍教授、鲍喜堂校长等专家、学者,结合中国耕读教育的精华和现代教育的先进经验,启动了"三亲教育"研究和推广工作。湖南省郴州市桂阳县荷叶镇中心校潭溪小学紧紧围绕国家教育方针和政策,结合当地的情况和现状,制定了将"三亲教育"有效融合与落地的三年发展规划。

1.学校现状

(1)学校简介:潭溪小学位于荷叶镇谭溪村,谭溪村在册人口二千八百多人,现在留在村子里的不过五百人。周边村子的乡村小学已经撤并,潭溪小学是这十里八乡唯一的乡村小学。潭溪小学保留一、二年级,三年级就需要去荷叶镇新市学校就读,家长需要到荷叶镇租房子陪读。如果明年一年级生源少,中心校将撤销潭溪小学。

(2)师资:两名在编老师,一名是谭校长,另一名是明年即将退休的谭主任;两名支教老师:杨永珍老师、钟运芳老师。

(3)学生情况:二年级六名学生,三名学生坐车接送,留守儿童五名;一年级八名学生,四名有一年级学籍,二名学前,二名借读,三名学生坐车接送,留守儿童六名,一名儿童父母均是智障,无照护能力。

(4)课程情况:一年级:上午八点半至十一点上语文,由支教老师负责,十一点至十二点《论语》诵读,由支教老师负责,下午两点至下午四点上数学,由校长负责;二年级,上午八点半至十二点上语文,由谭主任负责,下午两点至下午四点上数学,由谭主任负责。都是在课堂讲授、练习、写作业,没有音乐、体育、美术、自然等课程,孩子们很难和自然亲密接触。支教老师上课时会有一些户外活动。

2.三年规划

2021年9月,应荷叶镇中心校邀请,耕读教育项目介入潭溪小学一年级语文教学。经过支教老师三个多月的努力,虽然每天只有三个半小时和孩子们接触,也只介入了语文教学,但孩子们的变化已经让老师和家长刮目相看了。所以潭溪小学校长请示,期望把更多的课程和时间给予支教老师。荷叶镇中心校批复:下学期一、二年级的更多课程由支教老师负责,根据"三亲教育"的理念和模式推进,落实国家教育方针,学校的老师负责安全和后勤保障工作。荷叶镇中心校下属新市学校有一至三年级,几乎囊括荷叶镇所有一至三年级的学生,新市学校姜校长很有家国情怀和远见,带领全校师生践行"立德树人"的教育方针,他郑重邀请零污染家乡建设支教团队下学期支持新市学校的"立德树人"教育。

为了更好地将耕读教育融入学校,落实"立德树人"的教育方针,依据当前的状况和考评,制订"耕读教育小学部三年支教计划"。

3.理念

亲情、亲自然、亲乡土。

4.宗旨:

立德树人。

第一年 2021年9月至2022年8月

第一学期:相互融合,建立信任。

1.培训

支教老师学习国家教育政策和法规、"三亲教育"理念、《学记》《师说》

《乐记》《论语》《黄帝内经》《本能论》等。本学期学习、背诵、分享、践行《学记》以及环保、健康、农耕、艺术美育等相关内容。

2.课程介入

一年级语文课交给支教老师。第一个月,钟老师完全按照教学大纲要求,在谭校长的监督下进行语文教学,上午挤出一小时诵读《论语》,诵读活动在班级进行。第二个月,在谭校长的许可下语文课进行了微小调整,根据天气情况诵读课可以在室外进行。第三个月,可以带着孩子们一起出去亲近自然、捡拾垃圾,潭溪小学多年以来第一次上了体育课。第四个月,介入一年级数学课,开启大数学教育。

3.家校关系建立

老师在谭校长的带领下陆续进行家访,深入了解学生及其家庭情况,将良好的教育理念传递给家长,建立良好的家校关系,共同面对、解决各种问题和挑战。

4.学生成长档案

记录孩子成长的点点滴滴,有针对性地帮扶孩子及家庭,为类似情况孩子的成长提供借鉴和参考。

5.总结

对本学期的支教工作进行总结,制定小学部三年发展规划。

6.目标

学生喜欢学习、喜欢学校;家长认同自然教育模式;学校领导、老师看到效果,开始学习、探讨并加入教学研究团队。

第二学期:深入融合,自然课程全面落地。

1.培训

学校老师和支教老师一起学习国家教育政策和法规、"三亲教育"理念、《学记》《师说》《乐记》《论语》《黄帝内经》《本能论》等。本学期学习、背诵、分享、践行《师说》《乐记》以及环保、健康、农耕、艺术美育等相关内容。

2.课程安排

（1）潭溪小学：学前、一年级、二年级混龄上课,采取大语文、大数学教学模式,加入人文课、体育课、自然课、农耕课、美育课、环保课、健康课等。

（2）新市学校：选择试点班级,介入音乐、体育、美术课程;培养学生孝心、仁爱心、感恩心、敬畏心;让学生成为热爱祖国、热爱家乡、热爱学习、热爱科学的人。

3.家校关系建立

（1）只有家校配合才能实现好的教育,我们建立老师、家长互动学习机制。每天一小时网上学习,学习内容拟定为《弟子规》等,由家长轮流负责,带动更多的家长一起学习。学习群里每天会分享成功的家庭教育理念和方法,定期邀请专家为家长答疑解惑。

（2）学校租用一块土地,由家长负责管理,为孩子提供农耕体验和实践基地。

4.学生成长档案

完善学生成长记录,逐渐培养家长和学生自我评估、自律、自我肯定、自我成长及分享的能力。

5.目标

学生具有健全人格、喜欢学校、热爱学习;实现家校共建,家长逐渐成为教育专家;学校老师完善教育理念,成为优秀教育理念的引领者和推广者。

6.总结

编写一本小学部"三亲教育"手册,提供给有需求者借鉴和参考。

7.假期工作安排

（1）教师培训（线上、线下）,教师成长营一期,为期十五天。

（2）家长学习（家长群线上、线下）,家长成长营一期,为期十五天。

（3）学生、家长研学活动:学生家长研学营两期,每期二十一天。

（4）招生工作:潭溪小学一年级限额招收三十名学生。

第二年 2022 年 9 月至 2023 年 8 月

1.培训

老师和支教老师本学年学习、分享、践行《论语》及环保、健康、农耕、艺术美育等相关内容。

2.课程安排

（1）潭溪小学一、二、三年级混龄上经典、环保、人文、绘画和自然等课程。

（2）潭溪小学三年级单独开设大语文、大数学、英语、书法课程。

（3）新市学校一半班级的音乐、美术、自然等课程由支教团队承担。

（4）开设适合当地环境和条件的特色课程。

3.家校关系建立

家长共同参与学校教学规划的设定、教学管理等工作，家长逐渐成为教育的主力军。

4.学生成长档案

形成老师、家长、学生共同记录、共同完善、共同成长的模式，逐步建立老师、家长、学生共同记录班级日志的良好习惯。

5.培养目标

老师师德、师风过硬，学生孝亲、尊师、乐学、好学、会学。

6.总结

将两类不同参与模式的教育结果和体悟编辑成册，供大家批评指正和借鉴参考。

7.假期工作安排

（1）教师培训（线上、线下），教师成长营一期，为期十五天。

（2）家长学习（家长群线上、线下），家长成长营一期，为期十五天。

（3）学生、家长研学活动:学生家长研学营两期，每期二十一天。

（4）招生工作:潭溪小学一年级限额招收三十名学生。

第三年 2023 年 9 月至 2024 年 8 月

1.培训

老师、支教老师本学年学习、背诵、践行《黄帝内经》《本能论》及环保、健康、农耕、艺术美育等相关内容。

2.课程

（1）潭溪小学一、二、三、四年级经典、环保、美术、自然、劳动等课程混龄上课。

（2）潭溪小学三年级单独开设大语文、大数学、英语、书法。

（3）潭溪小学四年级开设大语文、大数学、英语、书法、武术和乐器等课程。

（4）新市学校承担所有班级的自然、美术、音乐等课程,施行"三亲教育"与文化课的融合。

（5）开设适合当地环境和条件的特色课程。

3.家校共建

成立家长委员会,家长参与农耕教学,土地管理、种植、教学等由家委会负责。

4.学生成长档案管理

引导学生树立远大理想,进行人生规划。

5.目标

（1）老师可以进行学校、班级、学生现状考察、调研及评估,可以起草调研报告和发展规划。

（2）学生学会自主学习、简单农耕和家务。

（3）潭溪小学成为一年级至六年级完小。

6.总结

整理、出版一本关于耕读教育的图书。

7.假期工作

(1)教师培训(线上、线下),教师线下成长营一期,为期十五天。

(2)家长学习(家长群线上、线下),家长线下成长营一期,为期十五天。

(3)学生、家长研学活动:学生家长线下研学营两期,每期二十一天。

(4)招生工作:潭溪小学一年级限额招收三十名学生。

这里非常适合办"三亲教育"

——鲍喜堂采访实录

问：鲍校长，在莲塘（潭溪）办"三亲教育"合适吗？为什么？

鲍：非常合适！第一个原因是这里有一拨人在做教育；第二个原因是这里是山清水秀的乡村，乡村是未来最好的搞教育的地方。

问：鲍校长，孩子为什么要在乡村上学？

鲍：乡村是孩子们打开智慧的地方。有人说乡村闭塞，也不是没有道理，乡村对于目前科学知识在一定程度上是闭塞的，但乡村对人的智慧是开放的，是非常丰富的，天地是我们的第一位老师，万物生长生存都依赖它。儿童时期正值人生春天，他们的生长发育离开乡村是不完美的。

问：您对莲塘（潭溪）"三亲教育"的期待与祝福是什么？

鲍："三亲教育"在这里一定会办好的。一个孩子好了，一个家庭就好了，家家户户好了天下就好了。因为莲塘有一群像你们这样心怀大爱的人，莲塘（潭溪）的"三亲教育"一定会办得更好，一定会为国家强盛、民族复兴培养更多的优秀人才。

问：请简单介绍一下"三亲教育"的师资团队。

鲍：莲塘（潭溪）的师资经过了总部培训，非常优秀。我们培养面向未来的优秀人才，需要最好的师资队伍。

来莲塘做生态人，孩子有学上

在物质极度繁荣、环境污染却日益严重的当下，乡村越来越绽放出迷人的魅力。

诸多有识之士，成为回到乡村的先行者。

人能回村，除了经济，最重要的就是孩子的教育。许许多多乡村在乡村振兴的大潮中，大兴土木，但只要该村没有学校（特别是小学），大都会是人去楼空的结局。也有许多对乡村生活充满激情的朋友，离开城市，举家来到乡村，有孩子的或者即将有孩子的朋友们，无论多么有激情，只要他们去的村庄没有学校，最终也只有离开。

由此可见，教育是乡村发展的基础，是生态人安住的磐石。

莲塘零污染生态村是众多生态人向往的家园。但如果没有学校，很多想来建设零污染村庄的朋友也只能望而却步。

幸运的是我们有学校——谭溪小学，零污染家乡建设项目发起人谭宜永的小学母校。这就是加入莲塘零污染家乡建设的朋友们的孩子上学的学校。

　　荷叶镇政府、谭溪村委(莲塘零污染生态村属于谭溪行政村)、荷叶镇中心校都非常认同和支持零污染建设,并希望零污染家乡建设团队在谭溪村、荷叶镇中心校乃至全镇都开展零污染建设。

　　在全镇开展零污染家乡建设,需要大量的建设人才,除了培训本地人才,在初期特别需要引进优质人才。

　　所以,亲爱的朋友,如果你是一个爱乡村、爱农民、爱自己、愿意投身零污染家乡建设,愿意成为一位面向未来的生态人,请加入我们!如果你有孩子现在要上学,或者将来要上学,不要担心,我们从小学(谭溪小学)到中学(荷叶镇中心校)都有。而且,荷叶镇中心校的学习氛围、教学质量在桂阳县乡镇学校中名列前茅。

　　目前,我们志愿者支教团队已经在荷叶中学开展支教,并获得学校、家长、学生一定程度的认可。

　　教育是乡村的未来,没有教育,乡村就没有明天。"三亲教育"发起人鲍喜堂校长来到莲塘零污染生态村,说这里非常适合孩子成长。于是决定把莲塘(谭溪村)作为"三亲教育"试点村,希望莲塘(谭溪小学)在未来成为中国南部地区"三亲教育"的驱动力。莲塘零污染生态村建设团队倍感荣幸,欢迎更多愿意为教育的明天努力的朋友们携手同行。

带孩子来谭溪小学上学吧

——谭家根采访实录

问：您搞乡村教育多久了？

谭：到目前为止有二十一年了。

问：您怎样看待现在的乡村教育？

谭：乡村学校的学生越来越少，我们村小只办一、二年级，三年级就到镇上去读书了。留下来的都是无法出去的学生，他们只好在这里上学，其他有条件的都去县城上学了。现在留下的都是最贫困的家庭和孩子。

问：您觉得这种环境这种条件对孩子的发展成长会有什么影响？

谭：就近入学可以方便老人照顾孩子，如果离开远一点的或者寄宿，孩子就照顾不了。

问：这几个月支教老师表现怎么样？他们对学校对学生有没有帮助？

谭：他们对学校和学生有很大的帮助。孩子的普通话比以前好了，以前我们都是用土话交流,现在每个学生都用普通话。他们教学很负责任,很有经验。

问:学生有变化吗?

谭:有。比以前活跃了、自信了。我们以前只是在教室做作业,不出门,现在有丰富的课外活动。

问:学生的情绪或者说精神状态有没有变化?

谭:也有很大的变化。我们年纪大了,对孩子比较严格,跟学生交流少。支教老师来了以后,对孩子很好,沟通多了学生们就开朗多了。

问:家长有什么反馈吗?

谭:有,支教老师与我一起去家访,家长们都说比较好。对支教老师,对我们学校都表示很认同。

问:您想对支教老师说什么?

谭:谢谢! 辛苦了!

问:侯校长说我们这里三、四、五年级都可以办,您怎么看?

谭:那太好了! 孩子们能就近入学,对孩子和家长来说都是一个福音。

问:您对我们的未来有什么期待?

谭:我希望我们的学校越办越好,希望更多家长带孩子回来上学。我们这里会办成对孩子成长有帮助的以"三亲教育"为办学理念的乡村小学,希望我们的学校办成最好的乡村学校。

孩子的变化让我很有力量

——钟运芳老师采访实录

问：人都有梦想，您的梦想是什么？

钟：我开始可能没有梦想，来到莲塘以后，看到大家为零污染事业和教育事业做的这些工作，投身其中的我也有了梦想。

问：您现在怎么想？

钟：现在我想陪伴这些孩子一起成长，然后探索出好的乡村教育模式，推广到全国乃至全世界。我自己要做一个有力量的人，去影响别人尤其是影响这些幼小的孩子。在这个学校教书快一个学期了，一开始没有勇气，没信心，现在我觉得越来越能够融入这里，不再觉得那么难。我想告诉大家，只要用心是完全可以做好这件事的。

问：在这一过程中有没有发生一些令您非常感动的事情？

钟：看着这些孩子一天天在变化，由麻木冷漠变得很亲近，笑容也越来越灿烂，这是最令我感动的事。

问：请举出一个变化特别大的孩子的例子。

钟：卢意是家里孩子里面年龄比较大的，估计在家时常受到训斥，所以时常带着情绪来上课。我们来了以后会抱抱他，一开始他比较排斥，会挣脱。虽然这样，我们还是一次

一次地抱一抱他。慢慢他就化解了情绪，又露出那种天真的笑容。

问：您们来了以后，整个学校有变化吗？原来的老师如何跟您们互动？

钟：随着在一起的时间长了，慢慢增加了一些交流，包括对待孩子的态度也发生了变化。印象最深的就是上次我们去家访的时候，我们说李博涵同学在精力集中方面有些欠缺，了解到他在家经常受到打骂，这次家访的时候数学老师就主动跟他奶奶说不要再打骂这个孩子了。我觉得这就是老师的改变。我们在改变孩子、陪伴孩子的过程当中，自己也会有很多意想不到的收获。

如果你有教育情怀，如果你愿意陪伴孩子，如果你愿意遇见更好的自己，欢迎大家一同来投身教育事业。

问：您对未来有什么期待？

钟：如果我们能更早地给孩子优质的素质教育，孩子的成长会更顺利，我们的社会就会更好，身在其中的每个人才能更好。

问：说一说对世界的祝福。

钟：愿世界因你我而美丽！

希望每个孩子都被陪伴

——杨永珍老师采访实录

问：请问您的梦想是什么？

杨：希望让每一个乡村的孩子都能得到更好的陪伴与照顾，能够有一个健康的成长环境。

问：为什么会参与耕读教育这个项目？

杨：想回归乡村做一些有意义的事情。

问：您感触最深的是什么？

杨：在陪伴孩子成长的过程中，我深切地感受到：在乡村的大自然中，自己的生命也在得到滋养。

问：您怎么看待乡村教育？

杨：以前没有特别关注，尽管早就知道现在的乡村有很多留守儿童，但没有深入了解。在这半年深入乡村生活的过程中深切地感受到这个问题的

258

急迫性。其实在城市里也有很多人关心或者关注，只是还没有参与进来。我觉得有想法就要及时行动，希望社会大众对乡村多一些关注、关心。

问：您为什么会选择人文、经典这两门课？

杨：一直以来对传统文化有兴趣，曾经想回到家乡去办学堂，后来因为各种原因没有办成。关于人文部分我觉得是很好的人文礼仪规范，留守儿童在没有父母陪伴的情况下，爷爷奶奶很多时候不能够给孩子这方面的教育。我觉得学校需要在这方面增加对孩子的指导。

问：孩子们有让您感动的地方吗？

杨：从开始跟孩子不太熟悉也不太亲近，到现在孩子每次见面会主动打招呼问好，我觉得这是时间带给彼此的一个成长。

问：您觉得孩子们有变化吗？

杨：在礼貌方面，一开始孩子们不太会主动问好或者询问，他们想拿什么东西可能直接就去拿了。我们每一次都会对孩子们强调，用别人的东西事先要打招呼，吃东西也要先问一下老师。现在孩子们都做得很好，他们的行为模式、生活规范、学习态度明显要比刚接触他们时好很多。

问：有没有印象特别深刻的孩子？

杨：有一个小朋友，她是我们班最小的，才四岁多，因为每次吃饭她都吃得很慢，吃完饭也不会洗碗，都是带回家让爷爷奶奶洗。我们就教她如何洗碗，然后告诉她要把饭吃得干干净净。有一次星期一，她跑来高兴地说："老师老师，我在家里也学着你们一样把饭吃得干干净净了。"那个时候我突然心里有一种特别幸福的感觉，觉得孩子真的非常有可塑性，缺乏的是老师和家长对他们的指导、教育。

问：这个课程对社会会有什么影响？

杨：相信每个有礼貌的孩子都是一束小火苗，会给身边的人带来温暖。

问：您对这个世界有什么样的祝福？

杨：希望有更多的人关注、关心乡村教育，希望有更多的人参与进来，让乡村孩子们拥有不一样的未来。

安居乡村、快乐支教的钟老师

刘佳玮

最初钟老师来到莲塘就是因为看到"耕读教育·点亮梦想"支教老师的招募信息。一方面她希望能践行自己的教育梦想，另一方面他们一家人也渴望找到一个适合孩子成长、气候宜人的乡村居住。莲塘村完美地契合了她的理想，她开心地填写了两个表格，带领全家人来到了莲塘。

之后她安心地居住在这里，成了一名乡村小学支教老师。今天让我们听一听钟老师在乡村支教的感受。

杨老师的《论语》读经课

支教的缘起

为了能让这些乡村儿童得到更好的教育，谭宜永老师带着"耕读教育"团队的支教老师来到这所小学与校长交流，希望协助校长做一些工作，然后由钟老师和杨老师承担起来。

支教老师的生活

新学期开始后，钟老师和年轻的杨老师每天上午坚持去学校上语文课，带领孩子诵读经典，钟老师的孩子也来到这所小学上学。

钟老师每天早上六点做早饭，七点五十出发去学校。孩子和老师们一起走三十分钟抵达小学。八点半开始第一节语文课。最后一节课，她们会带着两个年级的孩子们一起诵读经典。

支教老师的快乐

第一次接触留守儿童的钟老师，用心感受着这群乡村的孩子。父母不在身边的他们，缺少充足的关爱和正确的引导，尤其是语言表达与艺术审美需要有更多的提升。

钟老师说，最初她有点紧张，因为是第一次与留守儿童在一起。当她遇到这群孩子后，她觉得自己去讲课是一个非常正确的选择，她希望自己真的能够帮助这些孩子，她很感恩这次支教活动。感谢吕明学长和谭宜永老师对她的鼓励，让她有机会站上讲台。

一方面是给予孩子们足够的爱，另一方面是引导他们更好地适应社会，这样孩子才能成为爱自己、爱他人、爱社会、爱地球的幸福的人。

学习上课礼仪

　　钟老师的孩子叫于世明，是一个很有艺术创造力、重情义、可爱的小朋友。当他听妈妈说，这个学校的孩子需要更多艺术活动的时候，他自告奋勇地提出教身边的同学画画。

　　钟老师成了一位快乐的支教老师，每天她都充满了正能量，并将这些正能量传递给乡村儿童。

老师也是妈

刘佳玮

每天早上七点五十分,耕读教育支教老师们带着莲塘零污染家乡建设志愿者的两个孩子,去往支教的小学上课。一路欢声笑语,虫鸣鸟叫。

钟运芳老师会给孩子们连续上三节语文课。第四节课由杨永珍老师带领孩子诵读经典。孩子们开心地诵读《论语》,通过琅琅的读书声能感受到孩子们的快乐。经过一段时间的坚持,很多孩子已经到了可以背诵的程度。

钟老师在上语文课

中午休息的时候,孩子们总是喜欢赖在支教老师身边,那是一种深深的信任与踏实。钟老师给大家带来了中午饭,然后老师和孩子们一起吃饭。

孩子们非常喜欢和支教老师们在一起。一、二年级的孩子们,正是需要用心陪伴、用爱浇灌的时候。支教老师们对孩子们非常有耐心,对待每个孩子就像对待自己的

小学生们诵读《论语》

孩子一样，带领他们学习，带领他们捡垃圾，教给他们为人处事的本领。

杨老师和孩子一起洗碗

对于乡村留守儿童来说，如何更好地促进他们成长呢？他们真的需要像母亲一样的关爱。就这样，从夏天即将走到冬天，老师们给孩子们的爱像汩汩春水一般，滋养着每一个孩子和他身边的人。

支教老师与孩子们在一起

力量与梦想的指南针

少年中国说

梁启超

今日之责任,不在他人,而全在我少年。

少年智则国智,少年富则国富。

少年强则国强,少年独立则国独立。

少年自由则国自由,少年进步则国进步。

少年胜于欧洲则国胜于欧洲,少年雄于地球则国雄于地球。

红日初升,其道大光。河出伏流,一泻汪洋。潜龙腾渊,鳞爪飞扬。乳虎啸谷,百兽震惶。鹰隼试翼,风尘翕张。奇花初胎,矞矞皇皇。干将发硎,有作其芒。天戴其苍,地履其黄。纵有千古,横有八荒。前途似海,来日方长。

美哉,我少年中国,与天不老!

壮哉,我中国少年,与国无疆!

梁启超:中国近代史上著名的政治活动家、启蒙思想家、资产阶级宣传家、教育家、史学家和文学家。戊戌变法(百日维新)领袖之一。曾倡导文体改良的"诗界革命"和"小说界革命"。其著作合编为《饮冰室合集》。

能量朗读
让世界因我而美丽

寂 静

（一）

我知道，我不是因为偶然才来到这个世界的，我是主动想来的，我是为了继续前生伟大、美好、无私的梦想而来的，我是为了通过各种苦乐顺逆的体验而来的，并由此完善、成长和提升。

我是因为爱这个世界才来的。所以，我将用全然的爱来接受这个世界，并用全然的爱让世界更加美丽。

我深深地知道，物质不能让世界美丽，唯有美德、智慧与爱才能；物质不能拯救人类，唯有美德、智慧与爱才能。

我要让世界因我而美丽！

（二）

我知道，我所有的长处都是源于父母和祖宗的优秀，但它不是我炫耀和自私的资本，它是上天与祖宗赋予我服务众生的工具；它是我展示生命的伟大、美好和无私的途径。

我知道，我的缺点和不足不是我的自愿，那是因为，我是从有缺点和不足的爸爸妈妈而来的。但我知道，选择这样的爸爸妈妈，是我的自愿。我选择的目的，是要来到这个世界，与我的爸爸妈妈一起学习和提升。所以，对于这些缺陷，我不抗拒，我全然地接受，我要通过今生的忏悔、忍受和努力来弥补。

我想对爸爸妈妈说："爸爸妈妈，我来到你们身边，就是希望帮助你们改变，也希望你们接受我、容忍我。我愿意从今天开始，不再用完美要求你们,也请你们不再用完美苛求我。我是你们的一部分,我们是一个整体,让我们一起改变,改变才是力量!"

让我们一起用包容让生命美好,让我们一起用爱让世界美丽!

(三)

我要对自己的生命负责。我知道,决定我生命的主因是我自己。没有命运,只有选择,选择我的念头、语言和行为;没有命运,只有创造,创造生命的喜悦、美好和神奇!

命运是一个个选择连接起来的轨迹,命运是不断创造累积起来的总和。我活在这个世界,就是为了改变这个世界。我知道,爱是一切创造的源泉。我要用全身心的爱来对待今天——每一个人,每一件事,每一株小草,每一粒石子……

我要用全身心的爱来迎接美好的明天!

(四)

每个生命都是由身体、大脑和心灵组成的。就像一个礼物,里面比外面珍贵,内容比包装珍贵。我的大脑里装着什么,比身体的外观和穿着珍贵,而我心灵的美德、智慧和境界,比大脑里的更珍贵!所以,我要重视心灵的净化和提升。

(五)

从今天起,我要高高放飞自己的梦想,积极乐观地生活和学习。上天从来没有规定我此生将是什么样的,国家也没有规定我,父母也没有规定我,老师也是一样。一切万物都没有规定我能做什么、不能做什么,必须是什么样的人、不能是什么样的人。上天把一切的主动权交给了我,它从不控制我,从不决定我,让我自己决定自己的梦想,然后慈悲而无私地帮助我、成就我。

就像天地从来就没有决定一块土地里要长出什么。农夫播种了一粒苹果的种子，天地就会用全部的力量来帮助他长出苹果；农夫播种了一粒花椒的种子，天地就会用全部的力量来帮助他长出花椒。

我知道自己的梦想有多么重要。它就是一粒种子。无论我有什么样的梦想，上天都会来帮助我、成就我。

如果我是一粒小草的种子，天地就会帮助我成为一株小草；

如果我是一粒鲜花的种子，天地就会帮助我开出一朵鲜花；

如果我是一粒楠木的种子，天地就会帮助我成为参天大树；

我要成为这世界上一粒最美丽的种子，让世界因我而美丽！

（六）

我知道，我的心是一个发射站，心中的每一个念头都会像无线电一样发射到整个宇宙，从而影响整个宇宙，对天地万物产生正面或负面的加持。我会因此得到一个反作用力，这就是所谓的感应或者报应。

我知道，心在哪里，命就在哪里；心是什么，命就是什么。所以，从今天起我要用心中无限的创造力来影响世界！

我也知道，世界是我心灵所投射出的影子，就像电影是光碟投射的影子一样。我生命的一切好坏顺逆，都是我心中的业力所呈现出来的假象，我是什么样，它就是什么样。

世界就像是我的镜子。我要通过改变自己来改变世界！

让世界因我而美丽！

面对问题可以如何选择

谭宜永

我们生活中发生的所有问题都是源自潜意识里的记忆。所有发生的事,全部都是潜意识里的信息(过去记忆)重新播放的结果。

我们的问题是我们潜意识里一直回放的记忆,我们的问题与任何人、任何地方或任何状况都无关。

当我经历记忆回放问题时,我们是有选择的。我们可以继续与它们战斗,无论你知道还是不知道,这次的结果肯定是下一次的开始。(因为这次没做好,所以会再发生。)如果你理解什么是"百分之百负责任",你将不会困扰和难过,你也不会无助和悲哀。

你会积极面对和修正,你将会经历完全不同的生命,透过修正自己(反求诸己,宽恕自己),你将改变自己、同学和家人的人生,甚至整个世界。

我们的人生有两条道路可以选择:

一条是将责任推给别人,另一条则是"自己百分之百负责"的人生。

若相信责任在于别人,你只会继续抱怨和悲哀,你完全不能掌握。

如何修正与宽恕?

只有四句话您需要说而已!

我爱你。

对不起。

请原谅。

谢谢你。

你的内心如果常常升起消极、自卑或不愉快的资讯(过去记忆),你可以在心中在那句话上打"×",想象从自己的心里把它删除掉。

然后你可以念：

我爱你。

对不起。

请原谅。

谢谢你。

这个方法不是为了消除你生活中的问题和烦恼，而是当你遇到问题和烦恼时，帮你超越（战胜、化解）问题，让你在生命的路途中积聚力量继续勇敢冲浪！

情绪释放技巧

谭宜永

情绪释放技巧是一套结合中医经络穴位按摩与西方能量心理学,让百万欧美人受惠、为专业人士所采用的情绪疗愈技巧。能彻底消除各种情绪问题,是目前社会上最简单、最有效、最普及的减压工具。

情绪释放技巧,是因为它对人体主要压力荷尔蒙皮质醇起了作用。皮质醇与"战斗或逃跑"反射紧张联系,同时"调节"多个身体系统。比如:

·调高或降低血糖水平

·心率或呼吸次数

你是否有焦虑、忧伤、愤怒、恐惧?你是否被沉重的无力感、不断的自我批判压得喘不过气来?负面情绪会侵蚀生命活力、影响身心健康、破坏人际关系、降低工作效率……

运用情绪释放技巧,简单敲拍十分钟,进行深层情绪排毒,让我们身体内在智慧能量觉醒,平静、喜悦与爱进入生命的每一天!

操作方法:按照下图顺序,敲击穴位,同时念下面正面积极的话语。

正面积极的话语:

我是善良的,我是柔软的。

我是勇敢的,我是有力量的。

我是认真的,我是不放弃的。

我是自在的,我是喜悦的。

我是慷慨大方的。

我是既谨慎又放松的。

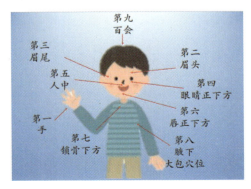

最后的宣告语(重复三次)：

我深深地全然接受我自己,我爱我自己。

通过 EFT 可以清理最常见的十大情绪,包括：

1.难以负荷的沉重感。

2.不断的自我批判。

3.逃避现实。

4.拖延和自我破坏。

5.罪恶感和自责。

6.自我设限。

7.对某些事成瘾。

8.对不可预知的改变感到恐惧。

9.害怕承受不起的失败。

10.控制不了的愤怒。

透过敲拍,逐步释放恼人的情绪。

携手同行 缔造梦想

答疑:支教难吗? 如何陪伴孩子?

很多人认为支教是一件很难的事情,所以不敢轻易去做。耕读教育的支教老师们也是如此,开始的时候非常紧张,不知道自己能否胜任。在支教一段时间后,大家越来越有信心了。让我们看看他们是如何陪伴孩子们的。

项志如 ("耕读教育·点亮梦想"项目副主任、内蒙古赤峰市职业技术学院副教授)

我是怀着一颗感恩心去陪伴孩子的,是他们给了我认识自己、完善自己、服务社会的机会。我欣然接受他们所有的不完美,转变自己以往错误的观念和做法,用正确的观念、做法去引导和陪伴孩子们。我相信他们本质的善良和美好,祝愿他们早日成为国之栋梁,并尽自己所能尽量长久地陪伴他们共同成长!

张淑青 ("耕读教育·点亮梦想"项目主任、零污染家乡建设浙江团队负责人)

我一开始觉得很难,后来慢慢就找到感觉了。上课时多观察孩子,看到不自信的学生多多鼓励,遇到调皮的学生,多与他们互动,培养感情,多关心他们,逐渐形成良好的关系,引导他们成长。

说起陪伴,其实也不难。接下来分享自己接触过的两个孩子,他们分别来自八年级二一八班与九年级二一〇班。八年级二一八班的部分学生虽然

比较调皮，但在我们支教老师看来，这样的孩子动手能力、表达能力、组织能力都比较强，只需要我们多观察与发现，稍微引导一下就可以成为老师的好助理。

记得有一次随支教老师去上呼吸数息课，发现后排的一高个孩子趴在桌子上，平时偶尔见他也不爱搭理，眼神有些冷。那天我尝试着用双手搭在他的双肩上，示意他坐直并轻声告知挺直腰板对健康的益处，还告诉他数息呼吸法的好处，建议他尝试五分钟。出乎意料的是孩子真的去做了，并保持到结束。现在这孩子成了"梦想队"的队长，他带着更多的同学一起去为自己的梦想而奋斗！

记得第一次进课堂时，同学们都比较活跃，当时也不知道如何能让他们安静下来，后来就给他们讲述了一个在家长眼中根本考不上高中的孩子，是如何通过自己的努力考上大学的故事，让他们认识到书写工整对中考加分会有帮助。

就这样，我用了一个故事让孩子知道学习是自己的事，在什么时候努力都不迟。之后的每一次书写课，大家都是安安静静的。

王艳萍（生命艺术组老师、零污染家乡建设公益团队绿动衢州负责人）

以前觉得支教是一件非常难的事情，一定要有很高的文化，还要善于表达，能够带给孩子们很多知识。自从听温秀枝老师说"教育无他，唯有爱与陪伴"后，我才重树了信心。

我是教"简单蓝"绘画的，通过在绘画的过程中与孩子沟通，增进感情与了解。对于一些行为习惯不好的同学，我只是轻声提醒或是面带微笑用眼神示意，作用还是很大的。很多同学会及时修正自己的行为，慢慢培养出好习惯。总而言之就是爱、包容、接纳，所以不用担心自己做不到，去做了才知道！

钟运芳（"耕读教育·点亮梦想"项目主任、莲塘零污染生态村新村民）

大学时就有支教的想法，那时想，等到我钱赚得够用了，不为衣食所忧了，就去需要支教的地方做个志愿者！

而今，我已经在潭溪小学支教三个多月了。每天早晨备好午餐，八点前与儿子一同步行约半个小时到学校，给一年级八个孩子上语文课。要是到校早就领着孩子们一起洒水打扫卫生，然后上早读课。琅琅读书声在校园回荡，这是乡村的希望。

下课后孩子们在操场奔跑玩耍，透出乡村的活力。接下来两节语文课，每天一课，教会认字十几个；小手按着笔顺画一画，学会写字三五个；再把课文读几遍，或分角色或分组，各种读法来几遍，课文就读熟甚至背下来了。

"双减"之后书作业减少，回家把课文读读讲讲给家长听。校长看了有些担心。但"三亲教育"专家们明确提出一、二年级孩子手部发育还不完善，不适合太多书写，所以我没有太配合。新课教完了，结合节气讲物候，讲成语故事玩接龙，每周一首古诗增雅韵。

每到午餐时间，我和孩子们一同用餐，教用餐礼仪和规矩，再讲多蔬食，少零食，不喝饮料，健康又聪明。餐后休息好，一同到大自然中观察周围环境与植物或奔跑戏闹。走上小山路，看看树木和花草，摘摘花，采采果，爬爬树，做游戏，摸瞎子，捉迷藏，老鹰捉小鸡，丢手绢，木头人……回到教室画画贴贴做个艺术家。

有时也会弹弹那架有两个琴键不出声的风琴，孩子们围过来一起哼小曲，有的伸手一起弹，虽不成曲却也好，也许因为这样就埋下音乐的种子呢？下午数学课，坐在后面改作业或备课，再记录孩子们的成长。回头看看这三个月，还真的有不小的改变：坐立不安的博涵能听读写约半节课时间了，坐姿不端的小卢怡大半节课都端正了，好学的家豪、正气十足的胡睿宸、有威望的哥哥士明、聪明端庄的淑英、可爱伶俐的小子涵、稚气的志琪……一个个正健康快乐地成长着！

原本这所学校只有一、二两个年级，共十几个孩子，两个老师，一人负责一个年级，每天都是上午四节语文课，下午两节数学课。

想想这两种学校生活，对孩子，对老师，对家长，各自会有什么样的感受呢？

《学记》说"教学相长"，我感受到孩子们的快乐与成长，也看到自己的喜悦与超越。与其说我陪伴了孩子，不如说孩子让我遇见了更好的自己，那个找到梦想、有活力的自己！

衣食无忧并没有实现，但支教之梦却已经实现了！支教难吗？对我而言真的不难，只要多些爱心与用心，再来个决心，少些欲望之心，一切不过是顺水推舟！

刘佳玮（"生态新少年"夏令营老师、零污染家乡建设公益团队公益创业组成员）

今年（2021 年）夏天，在"生态新少年"夏令营中，我负责孩子们的作业辅导，还有整个活动的宣传工作。

整个夏令营期间我们不仅要给孩子们上课，还要给家长开展家庭教育培训。孩子留在这里，他们的学习方式、生活作息、心灵成长等都需要每一位老师用心陪伴。而这些活动的开支，全部是由公益团队承担，很多时候，我们还要承受一些误解。

支教难吗？耕读教育团队想要改变中国六千万留守儿童的现状，确实还有很长的路要走,尤其是要带动当地的老师、家长都行动起来,一起为孩子们的成长与改变而努力。耕读教育的老师来自五湖四海,为了这份事业离开家乡,扎根偏僻乡村,但是如果不能唤醒当地人的内心,不能让荷叶镇重视乡村儿童教育,我们的付出与行动就失去了意义。

让人感动的是,荷叶镇中心校的校长、老师,学生家长,甚至是校园里那些可爱的孩子们对我们支教团队越来越理解与认可。人与人之间信任,可以创造出美好的境界。因为这样的一份信任,支教团队把环保教育、人文教育、劳动技能、经典诵读、中华武术、艺术美育、兴趣社团、法制教育等顺利地带到了乡村中学,让这所乡镇中学的文化底蕴越来越深厚。

支教难吗?难与易很多时候就在一瞬间。最初的艰难,在支教团队的坚持之下,赢得了现在的成果。

在这段支教经历中,我越来越感受到每一个孩子的纯真善良,他们值得我们用心陪伴。在了解了他们的经历、家庭背景后,我希望自己也能像各位老师一样,用更多耐心的陪伴、用正向的力量传导,让孩子们充满力量,找到自己的人生目标。让每一个孩子成为内在有力量、外在有能力的人。

史璞瑜("耕读教育·点亮梦想"武术课老师、垃圾革命摄制组成员)

关于支教难易的问题,我会想到自己的初心。为什么要选择支教?源于自己热衷于公益服务。在服务的过程中,逐渐树立了对健康环保生活方式的追求,发现乡村是工作生活的极佳归宿。同时从国家的乡村振兴战略来看,也是支持鼓励年轻人返乡创业谋发展。乡村是孩子成长的乐园,是老人养老的胜地。所以我大胆地选择了立足于乡村服务社会的路!

虽然目前的乡村还存在空心化、留守儿童、留守老人、缺乏资源等问题,但当自己选择亲自感受面对的时候,会带给自己很多思考。乡村振兴的过程就是教育振兴的过程。很多社会问题都与教育息息相关,尤其是乡村留守儿童问题更为凸显。来到莲塘后,了解到周边的乡村小学都逐渐凋敝了,镇上的中学中多数孩子是留守儿童,就想到能够给身边的孩子们带来什么帮助他们健康成长！

自己目前是学校的武术老师，在学校成立了武术社团和"梦想小队"。每周有两节社团课，同时每天早上六点到六点四十分会陪伴学生们训练，以拉伸、站桩、武术套路为主。教学过程中以鼓励为主。同时还会结合经典，为学生们分享养生小知识，引发他们的思考，带给他们健康的体魄，纠正他们的陋习，塑造他们的健全人格。

陪伴的过程也是自己成长的过程，还是自己成为榜样的过程。感谢有这样的机会，让自己可以更深入地了解教育。探索如何让留守儿童更好地成长，是一件很有意义的事情！

没有难与易，只要尽自己所能，就可以做到！

杨永珍（"耕读教育·点亮梦想"项目副主任）

支教不难，难的是如何更好地去用心教导与陪伴孩子，而不是仅以自我观念看待孩子。几个月下来，个人觉得作为一名支教，重要的是要有耐心、爱心，加上时时多用心，还有就是自己能够以身作则，做孩子生活的榜样、学习的典范。

吕　明（"耕读教育·点亮梦想"环保课负责人、零污染家乡建设公益团队发展事业部主任）

我在学校给孩子们上环保课，打造零污染学校。打扫厕所是要去尝试的。我原来设想的是喷洒小苏打水，带领学生们一起打扫厕所，只要安排学生做，他们就一定会去做。但是当我走进厕所弯下腰的那一刻，有一种窒息的感觉，我觉得让孩子们动手可能不容易。这时，已经进来的孩子大都捂着鼻子开始往后退："好臭啊……"

这时候需要挑战的是我自己，是去要求他们？还是我自己做到？我坚信某些环保清洁剂是一定可以分解掉污垢的，如果自己都抵触，那孩子会怎么想？这个时候其实更需要榜样的力量。环顾厕所，只剩下一位支教老师和一名学生,说教没有用,低头干吧,我默默地拿起喷壶和刷子开始行动。渐渐地,陆陆续续有孩子开始拿着刷子在小便池边上刷,或者刷墙面。黄黄的喷过环保清洁剂的便槽,用铲子清理后,逐渐露出原来的白瓷砖。有环保清洁剂的帮助,慢慢不臭了,随后有更多孩子参与进来。我带头一直做,而且没有戴口罩,可能是我的行为让孩子们觉得打扫厕所没有那么恐惧。

清理污垢,就是清理内在垃圾情绪的过程,内在干净了,心情就喜悦了。离开的时候,很多孩子一边洗手一边说"哪天还要再做一次,来的时候记得一定要叫我们"。看得出来这是劳动过后的喜悦,是克服畏难情绪后的成熟。

顾家勇("耕读教育·点亮梦想"法制课负责人、浙江省第一监狱原二级高级警官)

我认为陪伴就是引导孩子养成良好的学习习惯,逐步形成良好的行为规范,逐步确立生活志向!

盛庆芳("耕读教育·点亮梦想"艺术课支教老师、酵道孝道学长)

支教难吗?只要喜欢热爱就不觉得难,即便你不会。只要有想来陪伴孩子成长的愿望,每走一步,都很值得,你会遇到更好的自己。和一群有趣的人在一起,做自己喜欢的事,也算快意人生。

如何陪伴孩子们呢?在支教的荷叶中学里,很多是留守儿童,他们缺乏父母关爱。我们陪伴他们,也有类似父母的爱。我们在与孩子们沟通时,能感受到他们的纯真以及对外面世界的好奇。

在支教的过程中,孩子给我很大的启发。首先要站在孩子的位置思考:孩子需要什么?我们可以给予什么?真正用心、用情、用全部的爱去爱他们。

我们一个小小的关心、陪伴,就可以打开孩子的心扉。对于学生一点点的进步,我们要及时鼓励、表扬,树立他们的自信心。每个同学的成长,都需要一双温暖的大手牵引、支持,用爱引领他们前进,用真情铺垫他们的人生之路。

梁智灵（"耕读教育·点亮梦想"支教老师、知名珠宝设计师）

我支教的小山村名字叫莲塘村，整个村庄都坚持"零污染"的生态理念，不使用农药化肥，我们喝水洗澡用的都是清澈见底的山泉水，每天去地里摘菜回来做饭；自己种菜、种水稻打大米……村里只有几十户人家，每家每户的年轻人都外出打工了，只留下老人和孩子在家，守着一片在我看来像童话世界一般的世外桃源。

山里的孩子们每天看着蓝天白云和青翠的大山，眼睛都干净如泉水，清澈明朗。来之前听老师们说有些班的孩子挺调皮，本来还挺担心的，但真正见到他们的时候反倒觉得他们特别活泼可爱，上课的时候一个个眨巴着亮晶晶的眼睛，像一颗颗小星星一样望着我。我紧张到说话结巴，他们还一个劲夸，给我加油。与其说我给他们上课，不如说他们在反哺我。

放学回宿舍的路上看到了夕阳下的风车，晚上在楼顶看了星星，夜晚

还有萤火虫飞进卧室陪我睡觉。

好多人问我，你去支教教什么啊？语文、英语还是数学？其实我想说，对于漫长的人生来说，成绩并不代表全部，我也不可能通过短短几节课就把班级平均分从五十分变成九十分。但是有一些道理是远比分数重要的，可能孩子们现在不能完全理解。我希望能在他们心中埋下一颗种子，剩下的就交给时间，交给他们自己，直至长成一棵棵参天大树，结出丰硕果实。

张翔贵（"耕读教育·点亮梦想"支教老师、光明救援重庆分队队长）

我是张翔贵，于 2021 年 10 月 6 日至 15 日到莲塘中学支教，所教课程是《弟子规》。

1.支教难吗？关于这个问题，不同的年级、不同的班级难易程度不同；学校和老师尤其是班主任老师的重视程度不同，难易程度也不同；老师和学生是接触过传统文化以及对传统文化的了解和接受程度不同，其难易程度也有很大差异。总体来说，由于传统文化中断时间太久，很多人（几代人）都不了解传统文化，因此，其难度是比较大的。虽然难度不小，但传承传统文化的效果还是有的。如果能长期坚持，潜移默化中效果会越来越好，老师、学生、家长对传统文化的了解和接受度越来越高。

2.如何与孩子们相处？一是要有责任心和使命感；二是把孩子们当成自己的孩子来对待，有足够的耐心，不要轻言放弃；三是要和孩子们交朋友，多了解孩子们的想法和需求，真正给到他们需要的；四是从老师的角度来讲，要有为人师表的形象，要有让学生佩服的学识，要用真感情去感化学生。

韩　维（"耕读教育·点亮梦想"支教老师、零污染家乡建设公益团队重庆团队核心成员）

2021 年 10 月 6 日清晨，我们重庆团队一行三人驱车前往湖南郴州莲塘，去荷叶镇中心校支教。

一路上风景如画,我们满怀激动,一路谈笑憧憬着未来!对支教工作的敬畏与向往时时涌上心头。经过十五个多小时,我们跨越了渝鄂湘一千多公里车程,晚上十点多平安到达莲塘零污染村庄。来到莲塘,我的内心特别平静,这里是我的精神家园,家人们个个都热情周到,让我们感到温暖和幸福。

　　这次来荷叶中心学校支教,我做了充分准备,我给学生们带来的是思政课教育"红岩精神永放光芒"。我是重庆人,我要给孩子们带去我家乡的故事。重庆是一座英雄的城市,在抗日战争和解放战争那段艰苦卓绝的岁月中,无数的红岩英烈抛头颅,洒热血!用生命换来了幸福的今天……我们一定不能忘记历史。尽我所能,传承红色基因。

　　10月7日开始上课,当我走进二三〇班时,孩子们很惊讶!不知道我是干什么来的?就问老师您上什么课呢?我问他们,你们看没有看过小说《红岩》?知不知道白公馆、渣滓洞、中美合作所?所有的孩子都是一脸茫然地说:"没有,不知道。"我的内心一阵难过!他们对历史,对国家的过往……很少知道,他们不知道中华民族曾经经受过什么样的苦难!他们更不知道有多少先烈用生命赴使命,才换来了我们今天的岁月静好!牢记历史,缅怀先烈,传承红色基因!孩子们必须上好这一课!

　　在四十五分钟里,所有孩子都聚精会神地听着……有的孩子眼含泪花!在回答环节中,孩子们都说:"先烈们是为我们牺牲的,他们真的伟大!我们要向先烈们学习,不怕苦,不怕难,认真学习…我长大了要当兵,要保卫国家!"孩子们的回答令我很感动!我觉得能唤醒孩子们内心深处的爱国情怀,激发他们爱党爱国的热情,让他们了解知晓一点光荣的革命历史,就不虚此行。

后 记

　　耕读教育的目的是加强对学生的劳动教育,并弘扬我国耕读传家的优秀传统文化,具有树德、增智、强体、育美等综合性育人功能。郴州市桂阳县荷叶镇中心校中学部开展耕读教育近两年来,初步培养起了学生的耕读意识,让学生明白:梦想是可以实现的,幸福是奋斗出来的!

　　在接下来的工作中,我们将牢牢把握育人导向,坚持"立德树人"根本任务,并通过开展耕读教育,促进学生知识、能力、素质的有机融合,为党育人,为国育才,培养德智体美劳全面发展的社会主义建设者和接班人。不过,我们想把乡村学校的耕读教育搞好,还有很多困难,需要大家一起去解决与克服。目前,我们急需解决的三大困难是:

　　一是开展耕读教育的专项资金扶持问题。荷叶镇中心校中学部的耕读教育之所以能成功地开展起来,是因为有谭宜永及其支教团队对乡村教育的热爱与无私奉献,项目所需的大部分资金开销都是他们通过多种方式筹集而来。如果耕读教育需要大范围推广实施,没有相应专项资金扶持,是相当困难的。所以,我们期待更多关注乡村教育事业且富有爱心的社会人士能够参与进来,为耕读教育提供一定的专项发展资金,积极支持耕读教育项目的全面开展。

　　二是乡村教育振兴的人才问题。千秋基业,人才为本。耕读教育这一项创新的教育事业急需优秀的乡村教师队伍。随着城市化进程的加快及出生率的下降,乡村办学规模日渐萎缩,中国广大的乡村地区不再非常缺欠乡村教师,但很缺高素质的优秀乡村教师。目前,优秀的乡村教师人才大多在

287

流向城里，这导致了城乡教育人才不均衡，进而导致城乡教育发展不均衡，这是摆在我们面前严峻且残酷的现实问题。如何让乡村教师考城进城的潮流"倒着来"，让城市的优秀教育人才都往乡镇一级跑？我们认为：着手建立乡村教师人才发展基金，用"财"来吸引或挽留"才"，这是目前最有效的途径与方法。毕竟，人的要素永远是第一位的。优秀的乡村教师人才队伍则是最宝贵、最重要的战略资源。如果我们的上级部门对此事能足够重视并付诸行动，在体制与机制方面进行行之有效的改革或创新，鼓励并推动各级乡镇学校建立"乡村教师人才发展基金"，为中国广大的乡村地区播撒千千万万个优秀的乡村教师"人才种子"，那我们的乡村教育就一定能得到振兴与发展。

三是地方政府对乡村教育的重视问题。重视乡村教育，不是靠一场工作报告、一份红头文件，而是要真抓实干去落实、去推动。桂阳县荷叶镇中心校之所以发展得好，与乡镇党委、政府及县委、县政府的大力支持与投入是分不开的。例如，2021年，桂阳县委、县政府授予了荷叶镇中心校"桂阳县乡村教育发展突出贡献学校"荣誉称号，并奖励学校十万元。2022年4月20日，桂阳县县委书记亚初华来荷叶镇中心校调研座谈，又安排县财政额外划拨五十万元奖给荷叶镇中心校，以保障学校运转，促进学校教育教学的发展。正是有桂阳县委、县政府对乡村教育的高度重视，并在县主要领导的大力支持、关怀下，荷叶镇中心校才有了发展的强劲势头，并迎来了耕读教育发展的春天！

总之，回首过去，我们确实取得了点滴成绩；展望未来，我们前面虽然还有很多困难需要我们一一去克服、去解决，但我们不会退缩，更不会畏惧，因为我们坚信：在党中央的正确领导下，我们的教育一定会越办越好，我们的耕读教育项目也一定会越办越出彩！

我们未来的三年除了要认真做好本校的耕读教育工作，并认真服务好每一位老师、家长和学生外，还需要发挥先驱引领示范作用。具体来说，我们有如下发展规划：

一是协同耕读教育志愿者团队，以桂阳县荷叶镇中心学校为样板，开展耕读教育师资培训，把对教师的培训摆在非常突出与重要的位置，并将我们的成功经验和发展中的不足展示给兄弟学校及学校的老师们，助力全国耕读教育踏实有效地开展。

二是参与到全国十四五规划教材有关耕读部分和劳动技能部分的课程设置、编纂及课程评价体系的设立工作中，让教材成为耕读教育的指导手册，使教师和教材成为耕读教育项目开展的"两条腿"。

三是发起组织全国耕读教育校长论坛。学校的党支部书记或校长是一个学校发展的舵手，决定了学校发展的方向和格局。全国各地的学校党支部书记或校长共同研讨，一定会碰撞出切合实际、行之有效且有高度的好方法。学校的党支部书记或校长将引领一所学校，中国所有学校的党支部书记或校长都行动起来了，那我们的耕读教育就真正有机会发展起来了。

最后，再次感谢支持与关怀耕读教育项目开展的相应领导与老师！也感恩这一路走来，相遇、相识、相知的每一个有爱的人！相信并祝愿我们的耕读教育能早日点亮孩子们的梦想，让每一个孩子都成为更好的自己！

编者记

2023 年 2 月 28 日